紫图图书 出品

人生能尽兴就尽兴

不能就留些余兴吧

张晓风 著

北京日报出版社

愿我的生命也是这样的，
只有一片安静纯朴的白色，
只有成熟生命的深沉与严肃，
只有梦，
像一片红枫那样热切殷实的梦。

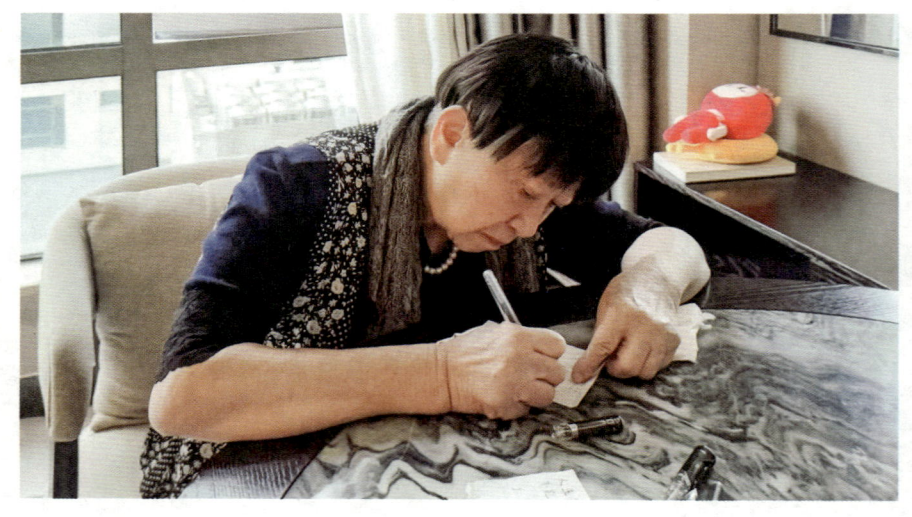

人生，能畫些就畫些，
不能，就留些餘興吧！

二〇二三年四月 张晓风写于桂林

序言

尽兴和余兴

"人生，能尽兴就尽兴，不能，就留些余兴吧！"这是我文章里的一句话，也是我这本书的书名。

我本来就很喜欢这句话，所以就同意出版社用它作书名。但有件事，应该要声明一下，这句话的原创者不是我，这是四百多年前明朝戏剧家汤显祖（1550—1616）所说的（不过，他只说了"余兴"二字，其他则是我的"词儿"）。汤氏最出名的作品叫《牡丹亭》。（此戏虽过了四百多年，目前还不断演出呢！）用现在的话说，剧中，"第一女主角"名叫杜丽娘（故事中她是杜甫的后代），"第二女主角"则是丫鬟春香——我用来作为书名的这句话便出自小春香之口。当然啰，小春香会讲出那句话，是因为汤显祖把话塞在她口中，她便讲出来了。

我想，我还是把当时剧中的场景形容一下吧！

有一天，是春天，大人不在家，杜爸爸出门"劝农"去了，"劝农"是古代官员在春天必须出差的公务，意思是下乡去劝告农民要好好务农，以饱天下。（不过柳宗元对此事颇不以为然，觉得大官出现，只会搅扰农务，农人自家自会种田，谁要你来劝？）杜妈妈则忙于家务。女主角杜丽娘受了丫鬟春香的蛊惑，她从春香的吹捧中才知道，原来自己家中居然有个又大又深又有假山和湖水的美丽花园。于是便决定逃学一日，两人去逛花园。

花园幽深逶迤，杜丽娘走累了，便在春风暖阳和花香中睡着了。睡梦中，她居然梦见了未来的夫君，当时她人在江西，她命中注定的夫君柳梦梅却远隔千里，身在广东——如果你联想力丰富，大概就可以猜到，这位姓柳的便是柳宗元的后代了——这一对身秉文学DNA的少男少女，二人在梦中一番缠绵后，杜丽娘忽然醒了过来。

小春香在花园中玩得正开心，全然不知杜小姐在短短春梦中竟交了云端男朋友。

但丽娘和春香既是偷着来玩花园，时间也不宜待太久，还是趁杜爸爸杜妈妈没发现之前躲回深闺为好。

于是，小春香就说了一段戏词如下：

"小姐啊，这园子实在太大啦！看也看不完，今天晚了，不如我们早点离开，留些余兴，改天再来耍子吧！"

在汤显祖的刻画下，杜丽娘比较直楞，春香则机灵俏皮。

我喜欢小春香的这句话，觉得简直直逼人生写照，故借来一用。古人写作，常喜欢强调"无一字无来历"的法则，我也觉得这条法则还不错——像是隔着极遥远的异代时空跟古人一起进行和谐的二重唱。

西方人常喜"尽兴"，不把自己玩到疯、玩到虚脱，则不肯罢休。这，也是好事。但有时，不得已，"暂停一下"也很不错——因为如此便有了理由，可以明天再来。不能百分之百尽兴虽属小憾，但留下的那点"未足"，只要假以时日，还是可以补憾的——补憾的感觉很幸福，因为既是"意外"且属"额外"的天恩，所以"格外"值得兴奋和感谢。这"三外"，很不错！

世界，这座园子，深邃又广远，值得明天或后天再来"耍子"！

目录

 —— 情冢

002	画晴
008	魔季
015	情冢
029	故事行
037	花朝手记
048	秋天·秋天
054	传说中的宝石
056	第一个月盈之夜
063	东邻的竹和西邻的壁

贰

遇见

068　我在

074　有愿

076　遇见

078　我喜欢

087　当下

090　正在发生

092　敬畏生命

094　年年岁岁岁岁年年

100　有个叫"时间"的家伙走过

念你们的名字

104	地毯的那一端
113	步下红毯之后
120	双倍的年华
122	初雪
128	念你们的名字
134	你不能要求简单答案
145	你欠我一个故事
152	一半儿春愁 一半儿水儿
157	重读一封前世的信

肆 —— 那人在看画

166	第一幅画
169	一钵金
174	精致的聊天
176	那人在看画
179	"你的侧影好美!"
182	别人的同学会
184	例外的惭愧
187	只要让我看到一双诚恳无欺的眼睛
190	其实,你跟我都是借道前行的过路人

伍 初心

- 194　初心
- 199　错误
- 205　人日
- 209　替古人担忧
- 214　不朽的失眠
- 218　秋千上的女子
- 227　题库中的陆游
- 229　唐代最幼小的女诗人
- 233　卓文君和她的一文铜钱

壹 —— 情冢

画晴

落了许久的雨,天忽然晴了。心理上就觉得似乎捡回了一批失落的财宝,天的蓝宝石和山的绿翡翠在一夜之间又重现在晨窗中了。阳光倾注在山谷中,如同一盅稀薄的葡萄汁。

我起来,走下台阶,独自微笑着,欢喜着。四下一个人也没有,我就觉得自己也没有了。天地间只有一团喜悦、一腔温柔、一片勃勃然的生气。我走向田畦,就以为自己是一株恬然的菜花。我举袂迎风,就觉得自己是一缕宛转的气流。我抬头望天,却又把自己误为明灿的阳光。我的心从来没有这样宽广过,恍惚中忆起一节经文:"上帝叫日头照好人,也照歹人。"我第一次那样深切地体会到造物的深心,我就忽然热爱起一切有生命和无生命的东西来了。我那样渴切地想对每一个人说声早安。

不知怎的,忽然想起住在郊外的陈,就觉得非去拜访她不可,人在这种日子里真不该再有所安排和计划的。在这种阳光中如果不带有几分醉意,凡事随兴而行,就显得太不调和了。

转了好几班车,来到一条曲折的黄泥路。天晴了,路刚晒干,温温软软的,让人感觉到大地的脉搏。一路走着,不觉到了，我站在竹篱面前，连吠门的小狗也没有一只。门上斜挂了一把小铃，我独自摇了半天，猜想大概是没人在。低头细看，才发现一把极小的铜锁——她也出去了。

我又站了许久，不知道自己该往哪里去。想要留个纸条，却又说不出之所以造访的目的。其实我并不那么渴望见她的。我只想消磨一个极好的太阳天，只想到乡村里去看看五谷六畜怎样欣赏这个日子。

抬头望去，远处禾场很空阔，几垛稻草疏疏落落地散布着，颇有些仿古制作的意味。我信步徐行，发现自己正走向一片广场，黄绿不匀的草在我脚下伸展着，奇怪的大石在草丛中散置着。我选了一块比较光滑的斜靠而坐，就觉得身下垫的和身上盖的都是灼热的阳光。我陶然了许久，定神环望，才发现这景致简单得不可置信——一片草场，几块乱石。远处唯有天草相黏，近处只有好风如水。没有任何名花异草，没有任何仕女云集。但我为什么这样痴地坐着呢？我是被什么吸引着呢？

我悠然地望着天，我的心就恍然回到往古的年代，那时候必然也是一个久雨后的晴天，一个村野之人，在耕作之余，到禾场上去晒太阳。他的小狗在他的身旁打着滚，弄得一身是草，他酣然地躺着，傻傻地笑着，觉得没有人经历过这样的幸福。于是，他兴奋起来，喘着气去叩王室的门，要把这宗秘密公布出来。他万没有想到所有听见的人都掩袖窃笑，从此把他当作一个典型来打趣。

他有什么错呢？因为他发现的真理太简单吗？但经过这样多个世纪，他所体味的幸福仍然不是坐在暖气机边的人所能了解的。如果我们肯早日离开阴深黑暗的蛰居，回到热热亮亮的光中，那该多美呢！

头顶上有一棵不知名的树，叶子不多，却都很青翠，太阳的影像从树叶的微隙中筛了下来。暖风过处满地团团的日影都欣然起舞。唉，这样温柔的阳光，对于庸碌的人而言，一生之中又能几遇呢？

坐在这样的树下，又使我想起自己平日对人品的观察。我常常觉得自己的浮躁和浅薄就像"夏日之日"，常使人厌恶、回避。于是在深心之中，总不免暗暗地向往着一个境界——"冬日之日"。那是光明的，却毫不刺眼。是暖热的，却不至灼人。什么时候我才能那样含蕴，那样温柔敦厚而又那样深沉呢？"如果你要我成为光，求你让我成为这样的光。"我不禁用全心灵祷求："不是独步中天，造成气焰和光芒。而是透过灰冷的天空，用一腔热忱去温柔一切僵坐在阴湿中的人。"

渐近日午，光线更明朗了，一切景物的色调开始变得浓重。记得尝读过段成式的作品，独爱其中一句："坐对当窗木，看移三面阴。"想不到我也有缘领略这种静趣。其实我所欣赏的，前人已经欣赏了。我所感受的，前人也已经感受了。但是，为什么这些经历依旧是这么深,这么新鲜呢?

　　身旁有一袋点心,是我顺手买来、打算送给陈的。现在却成了我的午餐。一个人,在无垠的草场上,咀嚼着简单的干粮,倒也是十分有趣。在这种景色里,不觉其饿,却也不觉其饱。吃东西只是一种情趣,一种艺术。

　　我原来是带了一本词集子的,却一直没打开,总觉得直接观赏情景,比间接观赏要深刻得多。饭后有些倦了,才顺手翻它几页。不觉沉然欲睡,手里还拿着书,人已经恍然踏入另一个境界。

　　等到醒来,发现几只黑色瘦胫的羊,正慢慢地啮着草,远远的有一个孩子跷脚躺着,悠然地嚼着一根长长的青草。我抛书而起,在草场上迂回漫步。难得这么静的下午,我的脚步声和羊群的啮草声都清晰可闻。回头再看看那曲臂为枕的孩子,不觉有点羡慕他那种"富贵于我如浮云"的风度了。几只羊依旧低头择草,恍惚间只让我觉得它们咀嚼的不只是草,而是冬天里半发的绿意,以及荒场上无边无际的阳光。

　　日影稍稍西斜了,光辉却仍旧不减,在一天之中,我往往偏爱这一刻。我知道有人歌颂朝云,有人爱恋晚霞。至于耀眼的日升和幽邃的黑夜,都惯受人们的钟爱。唯有这样平凡的下午,没有一点彩色和光芒的时刻,常常会被人遗忘。但我却不能自禁地喜爱并且瞻仰这份宁静、恬淡和收敛。我回到自己的位置坐下,茫茫草原，就只交付我和那看羊的孩子吗？叫我们如何消受得完呢？

偶抬头，只见微云掠空，斜斜地排着。像一首短诗，像一阕不规则的小令。看着看着，就忍不住发出许多奇想。记得元曲中有一段述说一个人不能写信的理由："不是无才思，绕清江，买不得天样纸。"而现在，天空的蓝笺已平铺在我头上，我却又苦于没有云样的笔。其实即使有笔如云，也不过随写随抹，何尝尽责描绘造物之奇。至于和风动草，大概本来也想低吟几句云的作品。只是云彩总爱反复地更改着，叫风声无从传布。如果有人学会云的速记，把天上的文章流传几篇到人间，又该多么好呢。

正在痴想之间，发现不但云朵的形状变幻着，连它的颜色也奇异地转换了。半天朱霞，粲然如焚，映着草地也有三分红意了。不仔细分辨，就像莽原尽处烧着一片野火似的。牧羊的孩子不知何时已把他的羊聚拢了。村里炊烟袅升，他也就隐向一片暮霭中去了。

我站起身来，摸摸石头还有一些余温，而空气中却沁进几分凉意了。有一群孩子走过，每人抱着一怀枯枝干草。忽然见到我就都停下来，互相低语着。

"她真有点奇怪，不是吗？"

"我们这里从来没有人来远足的。"

"我知道，"有一个较老成的孩子说，"他们有的人喜欢到这里来画图的。"

"可是，我没有看见她的纸和她的水彩呀！"

"她一定画好了，藏起来了。"

得到满意的结论以后，他们又作一行归去了。远处有疏疏密密的竹林，掩映一角红墙，我望着他们各自走入他们的家，心中不禁怃然。想起城市的街道，想起两侧壁立的大厦，人行其间，抬头只见一线天色，真仿佛置身于死荫的幽谷了。而这里，在这不知名的原野中，却是遍地泛滥着阳光。人生际遇不同，相去多么远啊！

我转身离去，落日在我身后画着红艳的圆。而远处昏黄的灯光也同时在我面前亮起。那种壮丽和寒伧成为极强烈的对照。

遥遥地看到陈的家，也已经有了灯光，想她必是倦游归来了，我迟疑了一下，没有走过去摇铃，我已拜望过郊外的晴朗，不必再看她了。

走到车站，总觉得手里比来的时候多了一些东西，低头看看，依然是那一本旧书。这使我忽然迷惑起来了，难道我真的携有一张画吗？像那个孩子所说的："画好了，藏起来了！"

归途上，当我独行在黑茫茫的暮色中，我就开始接触那轴画了。它是用淡墨染成的"晴郊图"，画在平整的心灵素宣上，在每一个阴黑的地方向我展示。

魔季

蓝天打了蜡,在这样的春天。在这样的春天,小树叶儿也都上了釉彩。世界,忽然显得明朗了。

我沿着草坡往山上走,春草已经长得很浓了。唉,春天老是这样的,一开头,总惯于把自己藏在峭寒和细雨的后面。等真正一揭了纱,却又谦逊地为我们延来了长夏。

山容已经不再是去秋的清瘦了,那白绒绒的芦花海也都退潮了,相思树是墨绿的,荷叶桐是浅绿的,新生的竹子是翠绿的,刚冒尖儿的小草是黄绿的。还是那些老树的苍绿,以及藤萝植物的嫩绿,熙熙攘攘地挤满了一山。我慢慢走着,我走在绿之上,我走在绿之间,我走在绿之下。绿在我里,我在绿里。

阳光的酒调得很淡,却很醇,浅浅地斟在每一个杯形的小野花里。到底是一位怎样的君王要举行野宴呢?何必把每个角落都布置得这样豪华雅致呢?让走过的人都不免自觉寒酸了。

那片大树下的厚毡是我们坐过的,在那年春天。今天我走过的时候,它的柔软仍似当年,它的鲜绿仍似当年,甚至连织在上面的小野花也都娇美如昔。啊,春天,那甜甜的记忆又回到我的心头来了——其实不是回来，它一直存在着的！我禁不住怯怯地坐下，喜悦的潮音低低回响着。

清风在细叶间穿梭，跟着它一起穿梭的还有蝴蝶。啊，不快乐真是不合理的——在春风这样的旋律里。所有柔嫩的枝叶都被邀舞了，窸窣地响起一片搭虎绸和细纱相擦的衣裙声。四月是音乐季呢！（我们有多久不闻丝竹的声音了？）宽广的音乐台上，响着甜美渺远的木箫、古典的七弦琴，以及琤琤然的小银铃，合奏着繁复而又和谐的曲调。

我们已把窗外的世界遗忘得太久了，我们总喜欢过着四面混凝土的生活。我们久已不能像那些溪畔草地上执竿的牧羊人，以及他们仅避风雨的帐篷。我们同样也久已不能想象那些在陇亩间荷锄的庄稼人，以及他们只足容膝的茅屋。我们不知道脚心触到青草时的恬适，我们不晓得鼻腔遇到花香时的兴奋。真的，我们是怎么会痴得那么厉害的！

那边，清澈的山涧水流着，许多浅紫、嫩黄的花瓣上下漂浮，像什么呢？我似乎曾经想画过这样一张画——只是，我为什么如此想画呢？是不是因为我的心底也正流着这样一带涧水呢？是不是由于那其中也正轻搅着一些美丽虚幻的往事和梦境呢？啊，我是怎样珍惜着这些花瓣啊，我是多么想掬起一把来作为今早的晨餐啊！

忽然，走来一个小女孩。如果不是我看过她，在这样薄雾未散尽，阳光诡谲闪烁的时分，我真要把她当作一个小精灵呢！她慢慢地走着，好一个小山居者，连步履也都出奇地舒缓了。她有一种天生的属于山野的纯朴气质，使人不自已地想逗她说几句话。

"你怎么不上学呢？凯凯。"

"老师说，今天不上学。"她慢条斯理地说，"老师说，今天是春天，不用上学。"

啊，春天！噢！我想她说的该是春假，但这又是多么美的语误啊！春天我们该到另一所学校去念书的。去念一册册的山，一行行的水。去速记风的演讲，又数骤云的变化。真的，我们的学校少修了许多的学分，少聘了许多的教授。我们还有许多值得学习的，我们还有太多应该效法的。真的呢，春天绝不该想鸡兔同笼，春天也不该背盎格鲁-撒克逊人的土语，春天更不该做收集越南情势的资料卡。春天春天，春天来的时候我们真该学一学鸟儿，站在最高的枝柯上，抖开翅膀来，晒晒我们潮湿已久的羽毛。

那小小的红衣山居者很好奇地望着我，稍微带着一些打趣的神情。

我想跟她说些话，却又不知道该讲些什么。终于没有说——我想所有我能教她的，大概春天都已经教过她了。

慢慢地，她俯下身去，探手入溪。花瓣便从她的指间闲散地流开去,她的颊边忽然漾开一种奇异的微笑,简单的、欢欣的,却又是不可捉摸的笑。我又忍不住叫了她一声——我实在仍然怀疑她是笔记小说里的青衣小童。(也许她穿旧了那袭青衣,偶然换上这件的吧!)我轻轻地摸着她头上的蝴蝶结。

"凯凯。"

"嗯?"

"你在干什么?"

"我,"她踌躇了一下,茫然地说,"我没干什么呀!"

多色的花瓣仍然在多声的涧水中淌过,在她肥肥白白的小手旁边乱旋。忽然,她把手一握,小拳头里握着几片花瓣。她高兴地站起身来,将花瓣往小红裙里一兜,便哼着不成腔的调儿走开了。

我的心像是被什么击了一下,她是谁呢?是小凯凯吗?还是春花的精灵呢?抑或,是多年前那个我自己的重现呢?在江南的那个环山的小城里,不也住过一个穿红衣服的小女孩吗?在春天的时候她不是也爱坐在矮矮的断墙上,望着远远的蓝天而沉思吗?她不是也爱去采花吗?爬在树上,弄得满头满脸的都是乱扑扑的桃花瓣儿。等回到家,又总被母亲从衣领里抖出一大把柔柔嫩嫩的粉红。她不是也爱水吗?她不是一直梦想着要钓一尾金色的鱼吗?(可是从来不晓得要用钓钩和钓饵。)每次从学校回来,就到池边去张望那根细细的竹竿。俯下身去,什么也没有——除了那张又圆又憨的小脸。啊,那个孩子呢?那个躺在小溪边打滚,直揉得小裙子上全是草汁的孩子呢?她隐藏到什么地方去了呢?

在那边,那一带疏疏的树荫里,几只毛茸茸的小羊在啮草,较大的那只母羊很安详地躺着。我站得很远,心里想着如果能摸摸那羊毛该多么好。它们吃着、嬉戏着、笨拙地上下跳跃着。啊,春天,什么都是活泼泼的,都是喜洋洋的,都是嫩嫩的,都是茸茸的,都是叫人喜欢得不知怎么是好的。

稍往前走几步,慢慢进入一带浓烈的花香。暖融融的空气里加调上这样的花香真是很醉人的,我走过去,在那很陡的斜坡上,不知什么人种了一株栀子花。树很矮,花却开得极璀璨,白莹莹的一片,连树叶都几乎被遮光了。像一列可以采摘的六角形星子,闪烁着清浅的眼波。这样小小的一棵树,我想,她是拼却了怎样的气力才绽出这样的一树春华呢?四下里很静,连春风都被甜得腻住了——我忽然发现自己已经站了很久,哦,我莫不是也被腻住了吧!

酢浆草软软地在地上摊开,浑朴、茂盛,那气势竟把整个山顶压住了。那种愉快的水红色,映得我的脸都不自觉地热起来了!

山下,小溪蜿蜒。从高处俯视下去,阳光的小镜子在溪面上打着明晃晃的信号。啊,春天多叫人迷惘啊!它究竟是怎么回事呢？是谁负责管理这最初的一季呢？他想来应该是一个神奇的艺术家了，当他的神笔一挥，整个地球便美妙地缩小了，缩成了一束花球，缩成一方小小的音乐匣子。他把光与色给了世界，把爱与笑给了人类。啊，春天，这样的魔季！

小溪比冬天涨高了，远远看去，那个负薪者正慢慢地涉溪而过。啊，走在春水里又是怎样的滋味呢？或许那时候会恍然以为自己是一条鱼吧？想来做一个樵夫真是很幸福的，肩上挑着的是松香（或许还夹杂着些山花野草吧），脚下踏的是碧色琉璃（并且是最温软，最明媚的一种），身上的灰布衣任山风去刺绣，脚下的破草鞋任野花去穿缀。嗯，做一个樵夫真是很叫人嫉妒的。

而我，我没有溪水可涉，只有大片大片的绿罗裙一般的芳草，横生在我面前。我雀跃着，跳过青色的席梦思。山下阳光如潮，整个城市都沉浸在春里了。我遂想起我自己的那扇红门，在四月的阳光里，想必正焕发着红玛瑙的色彩吧！

他在窗前坐着，膝上放着一本布瑞克的《国际法案》，看见我便迎了过来。我几乎不能相信，我们已在一个屋顶下生活了一百多个日子。恍惚之间，我只觉得这儿仍是我们共同读书的校园。而此刻，正是含着惊喜在楼梯转角处偶然相逢的一刹那。不是吗？他的目光如昔，他的声音如昔，我怎能不误认呢？尤其在这样熟悉的春天，这样富于传奇气氛的魔季。

前庭里，榕树抽着纤细的芽儿。许多不知名的小黄花正摇曳着,像一串晶莹透明的梦。还有古雅的蕨草,也善意地沿着墙角滚着花边儿。啊,什么时候我们的前庭竟变成一列窄窄的画廊了。

我走进屋里,扭亮台灯,四下便烘起一片熟杏的颜色。夜已微凉,空气中沁着一些凄迷的幽香。我从书里翻出那朵栀子花,是早晨自山间采来的,我小心地把它夹入厚厚的大字典里。

"是什么?好香,一朵花吗?"

"可以说是一朵花吧,"我迟疑了一下,"而事实上是一九六五年的春天——我们所共同盼来的第一个春天。"

我感到我的手被一只大而温热的手握住,我知道,他要对我讲什么话了。

远处的鸟啼错杂地传过来,那声音纷落在我们的小屋里,四下遂幻出一种林野的幽深——春天该是很深很浓了,我想。

情冢
——记印度阿格拉城泰吉·玛哈尔陵

要去印度了,心情有点像十六七岁的女孩,知道前面有一场惊心动魄的恋爱,那人的粗细长短似乎并不重要,重要的是,我要谈恋爱了,这是件大事,极慎重极兴奋,是秘密的隐私,却又恨不得昭告天下。当时搜了一堆参考书,竟又偏偏不去看,因为喜欢留几分茫然和未知。

"啊,可以看到一些佛教古迹吧!"

有朋友如此说,我笑笑。

"可以看看印度教的艺术!"

更内行的朋友如此说,我也笑笑。

至于我要在印度看到什么,自己也说不上来。好似王宝钏站在彩楼上,手里握一只绣球,想要丢给一个叫薛平贵的男人,而薛平贵又是谁呢?一个远方的流浪人?一个在幻象中红光护体让人误以为花园失火的人?不知道,但知绣球落处,一切一定是好的——因为我相信它是好的。

及至到了印度,才蓦然发现,许多让人流连的古迹,既不是佛教的，也不是印度教的，而是伊斯兰教的。从十七世纪到十九世纪，莫卧儿帝国一直统治着印度，这期间，印度本土的神雕断头折臂斩腰削鼻不一而足，总之连神带庙，给弄得七零八落。至于伊斯兰教自己在失势以后留下的建筑，因为佛教没有那么强烈的排他性，倒很幸运地都一一保留了。而伊斯兰教徒一向又有洁癖，古迹保持得相当完好，"阿格拉"古城就是如此。

阿格拉几乎是莫卧儿帝国时期的"副都"（正式首都在德里），天气干燥，土质多砂，倒有几分具体而微的大漠景观。不知是否此城的天然环境较近沙漠，容易引起蒙古人的乡愁，所以会有许多位莫卧儿皇帝都来建造它。或是因为这城既被许多莫卧儿帝王所钟爱，久而久之，竟也很知礼地把自己归顺为大漠景观以求回报？总之，这城市和其他湿热的城硬是不同。

飞机到了城市上方，俯首一看，毫不费力地就看到泰吉·玛哈尔陵墓在下午的阳光中兀自白着。彼此一照面，虽各自一惊，却不肯就此泄了底，只两下静静打量不语。还有两天呢！我要好好看看它，此刻先不急。

旅馆是美式的，前面停着出租车、三轮车、马车和骆驼、大象，这一切交通工具都等着要把客人往陵墓带去。想着这么大这么新这么漂亮的一家旅馆，一年三百六十五天，日日住着想要去一窥泰吉·玛哈尔陵墓的人，不能不说是一奇。旅舍中人去探陵墓中人，而旅舍难道不也是陵墓吗？陵墓难道不也是旅舍吗？想着想着，忽然迷糊了。

我的房间里除了正常的两张床以外，紧靠大片落地窗有一张八角形设计贴地而做的床，周围绕以矮矮的有图案的木栏杆。所谓床，其实只是围着栏杆的软垫，上面放一个圆柱形的枕头。

"为什么要有这样一种床呢？"我问提着行李在等小费的侍者。

"这是莫卧儿式的床。这里常常会有伊斯兰教国家的人来住呢！"

莫卧儿，这名字倒是听过，但自己的屋子里跑出一张莫卧儿床，感觉又与它拉近多了。我忙不迭地脱了鞋爬上莫卧儿式的床，抱膝看落地窗外的草坪和花园。莫卧儿，奇怪，莫卧儿分明是帖木儿的六世孙在阿富汗、印度一带所建的帝国，帖木儿本人又是元室的一支，想来我们国家和莫卧儿国也不是完全非亲非故了，如果不是十九世纪英国人入侵，现在印度也许仍是莫卧儿帝国，那又是怎样一番景象呢？落地窗外红花绿草兀自低迷。

晚饭前，我们去赶一趟"夕阳下的泰吉·玛哈尔陵"。

资料上都说泰吉·玛哈尔陵是纯白色的大理石造的，其实不然，天然的东西总难得有百分之百的纯白。照我看，它的好处正在某些石块的微灰微红微棕所造成的立体而真实的感觉，如果每块石头都纯白不二，恐怕看起来反而会平板呆滞，犹如一张大型照片。

黄昏很合作，适度的霞光把四野拢在水红色的余韵里。正对着陵墓的大门前是一个几百米长的水池，一条不可踩踏的琉璃甬道。看到这里，才知道美国林肯纪念堂前的那一池水光是从那里偷来的。而且仔细一想，连白宫都有了嫌疑，白宫太有可能是从这"世界新七大奇迹"之一的陵墓偷去的构想，至少那份"白"，和那圆顶就有点难以抵赖。

大抵看墓园，最宜在黄昏，日影渐暗之际，归鸟投树之时，声渐寂而色渐沉，只丢下你和墓，相对坐参"死亡"的妙谛。而后，天忽然黑了，你不知道幽灵此刻等着去安息，或是去巡游，心中有一份切肤的凄楚。

因为贪看天光的变换，舍不得到陵墓里面去，只绕着整栋建筑，看那敦实的圆顶，看那些门框上看不懂的由花色石头嵌成的《古兰经》文。

"你们为什么不进去看？"有几个贴墙而坐的男孩闲闲地说。

"我们没有时间。"不知道是不是由于习惯，我们顺口这样回答。

"哼！没有时间！"有个男孩几乎有点气了，"你们花了几万块钱，老远跑到这里来，来到这里却不肯进去看，还说'没有时间'！"

"啊，今天晚了，"我们忙着解释，"明天我们会再来看。"

"明天！明天和今天是不一样的！"他的语气一半愤然，一半不屑。

我们出其不意地挨了一场骂,但因为喜欢他的自豪和霸道,都乖乖地闭了嘴敬聆教益。其实世间景物何曾有一瞬相同?早晨是行云的,夜来可能是山雨,百千年前的沧海此刻可能是桑田,曾经四足行走的那个奇怪生物,此刻已历经二足行走的阶段而进入三足行走的末程。世间何尝有一物昨日今日可作等观,那男孩毕竟是太年轻了,弱水长流,我只能尽一瓢饮,世界大千,我只能作一瞬观。我虽一向贪山嗜水,恨不能纵云蹈海,但也自知人力有时而穷,玩到力竭处,也只能拿《牡丹亭》里小丫头春香的一句戏词自慰,所谓:"这园子委实观之不足——留些余兴,明日再来耍子吧!"

人生能尽兴处便尽兴,不能尽兴则留此余兴,但这些话太繁复,没法一一讲给那年轻的男孩听,且留他在暮色里独自愤然。能爱自己的景观爱到生气的程度,这人已够幸福,让他去生甜蜜的气吧!

暮色极深了,我们走不了三步就忍不住要一回头去看那建筑,远远只见陵寝内有一支隐约的蜡烛摇曳的微光。整个建筑俯下身来护住那一点微光,像一只温暖的白色的大灯笼。

泰吉·玛哈尔陵晚上不开放,但月圆前后四天例外,因为月下的陵寝又有一番玉莹的光泽。当地的人对月亮独有深情,可惜我们没有算准时候,此刻尚是月牙时期。想来想去,等到月圆之夜来夜游泰吉·玛哈尔陵是不可能了，只好自己加一段行程——在睡眠中去魂思梦想吧，月不圆之夜，对梦访者，那扇门应该仍是开放的。

凌晨绝早，我和南华赶在朝阳之前，又跑到陵墓去。心情竟有点小儿心态，一夜都急得睡不稳。排队买了第一张票，一走进红砂岩的门楼，只见将醒未醒的一栋古陵墓，在蓝天绿草之间兀然巍立。多奇怪的石宫，昨日初见，不觉生分，今日再访，亦不觉熟稔。它是盖给死者的，却让生者目授神移，它是用石头建成的，却又柔于春水柔于风。

我和南华坐在石板地上，晨凉中痴痴地看那穆然的殿宇，癫狂就癫狂吧，如果要我看长城，我也有足够的痴情和癫狂啊！但长城万里，没有一寸为我而逶迤，我只能看泰吉·玛哈尔的墓，它们同是世上的奇工，就让我像故事中崔莺莺说的"还将旧来意，怜取眼前人"吧！

（小小的翠羽的鸟，急远地从一棵树飞投到另一棵树上去，每一棵树都很碧绿很丰美啊，你们还挑来拣去干什么呢？你们叫什么名字？我叫你们作"树的电波"好吗？你们必是那些绿色的树所放出来的绿色长波短波吧？）

本来以为绝早之际，不会有游客，不料却有跟我们一样早的人络绎而来。令人感动的是其中大多数并不是东洋或西洋观光客，而是来自四乡的、结队成群的锡克人。锡克人照例头上缠一块布，上身或着汗衫或赤裸，下身又是一块缠布，不知怎么缠的，竟缠成灯笼裤的形式，腕上戴锡环，而且，像约好了似的，大家一律长得又高又瘦又黑。这世界上几乎大多数的"漂亮地方"都是外国观光客的天下，但这些显然并不有钱的本土锡克人却跋涉而来，要看看自己伊斯兰教世界里无限庄严的陵宫，这景象跟我常在"台北故宫博物院"看到中国小孩东张西望顾盼自雄的神采一样令人生敬。

这是一个怎样的早晨，一群远自中国台湾出发的女子，来看莫卧儿王朝五世国王沙·贾汉国王的爱妻泰吉·玛哈尔的陵墓。我们也身为人妻，也为某个男人所爱宠，我们一方面是来看这世上极雄奇的建筑，我们同时也来看这个一如寻常夫妻的平凡的爱情故事。

陵宫临河，河名朱穆拿，是恒河的一支，隔河是旧皇宫，以及猛虎为守的古堡。朱穆拿河在皇城一带是勇壮的护城河，但在陵宫之下却流成一首温婉的情歌，低低的，怕惊动了什么似的往前淌去。

世上多的是伟大的工程，但大多跟宗教、国防、炫奇矜能有关。金字塔当然足以令人叹服，以弗所的黛安娜月神庙也令人肃然，但看泰吉·玛哈尔陵却令人心潮涌动，如黄河化冰，澌澌有声，看大匠奇工，竟能令人潸然泪下的，世间恐怕只此一处。

庞大的陵墓何处没有？秦始皇的陵寝光看数字已令人跺足而

叹！那规模哪里是坟墓，根本就是一座城市，但泰吉·玛哈尔陵却是一个丈夫献给妻子的爱，只此一点，便足千古。

早晨仍然清凉，我和南华仍然发痴一般远远地坐着，慢慢地遥读每一块石头，每一片镶嵌，想三百多年前的一代风华。据说这是沙·贾汉王子和泰吉·玛哈尔王妃初遇的地方，她原来的名字是"皇城之荣"的意思。她十九岁出嫁，过了十九年的婚姻生活，其中十七年是王妃，两年是王后，生了十四个孩子，却夭折了七个，最后生完一个女儿，便在随夫南征的营帐中死去。想来做贵夫人也大不易，如果说"半生忧患"，倒也是实情，而沙·贾汉对她的深情，恐怕也是从这番转战南北，相偕相伴的寻常百姓的夫妻之义而来的吧？细味"寻常夫妻"四字，只觉得有余不尽。

陵宫并不极高，约两百五十英尺，约等于二十层大厦而已。四角远远的有四座同质料的石塔，算是祈祷塔，看来陵宫是被祈祷所环护的。石塔用肉眼稍微仔细看立刻可以发现与地面并不作九十度垂直，而是稍稍向外侧倾斜。这些细微处一看便知道是一个体贴入微的好情人设计的。他怕年代已久，石塔倾圮，所以预先在设计上把它向外斜出，即使有一日，地老天荒，石崩塔坏，也不致向内压倒，惊动陵寝中那美丽女子的睡睫。

一个极小的男孩，正正经经目不斜视地往前走去，那么小的孩子竟有那么肃然的表情，我几乎想笑，但终于没笑出来，只凝神看他一路走向陵宫。他将成长为一个怎样的印度少年呢?他也会是一个"情之所钟,正在我辈"的人吗?人间的爱情能一脉相传吗?世上多的是伟大的史册,堂皇的建筑,但泰吉·玛哈尔的建筑却是秀丽而深情的,小男孩啊,你看懂了什么,你记取了什么?

泰姬死于一六三〇年,陵宫自一六三二年盖到一六五三年,每天动用工人两万,其间曾因政治局势而停工一段时间。沙·贾汉死于一六六六年,三十六年的鳏居就国王来说是一件奇怪的事。那是一个月夜,那年他已七十五岁,爱情却犹自温热,据说他临终时从古堡的病床上支起病体,遥望朱穆拿河对岸的月光下的泰吉·玛哈尔陵最后一眼,方始咽气。

他们合葬在一起,国王的墓尺寸上稍大一点,但他早已把中线的位置留给爱妻了,他自己像一个因事晚睡的丈夫,轻轻地蜷在一旁休息,这一侧卧,便是三百年岁月。不管人间几世几劫,他们只一径恬然入梦。

听故事的人常常听到的是沙·贾汉的爱情,一首国王和王后的恋歌,但泰吉·玛哈尔陵其实是一则双料的爱情故事。沙·贾汉虽贵为国王,毕竟不是建筑大匠,当年丧妻,虽一心想造一个好陵寝,却又不知如何着手。当时刚好有一位建筑师来献图,整个设计虽大体仍沿用伊斯兰教建筑的圆顶和塔柱,但是他敢于建议用白色大理石代替旧式建筑的红砂岩,在比例上也做得匀称完美，沙·贾汉终于决定采用他的设计。

而那位建筑师，我们所不曾闻名的一位，为什么能有那么细腻美丽的设计呢？原来，他当时和沙·贾汉一样，同是丧妻的伤心人。一个有大匠之才的男人和另一个有权位在手的男人，两人都拗不过命运，同时丧失了他们的妻子，但他们却执拗地爱下去，两个人合作完成了这项奇迹。建筑师的设计原来并不是给王后的，他是为他自己心中的王后——他的亡妻而设计的。虽然陵墓后来以泰吉·玛哈尔为名，但想来他自己的妻子却必然带着了解的微笑临视每一根柔和的线条，她会说："我知道你是为我做的，不管别人叫这墓为什么名字，我爱啊！我知道，你是为我做的。"

那是一则双倍份的，爱的故事。

在这里，每一块大理石和另一块大理石之间是以爱情为黏合剂而架构起来的。

轻轻地走过，轻轻地传述这古老的故事，不要惊起一则三百多年前的爱情。

陵墓里面到处饰以整片的镂花石板，长宽各约五尺，看着实在觉得眼熟，有些分明是石榴或莲花的图案，石棺的周围尤其明显，除了必要的小入口，四下用这种石饰绕得犹如一圈石篱笆。

"这些雕刻，当时都是从中国请来的艺术家雕的！"导游说。

怪不得看着如此亲切，算来当时是明朝了，不晓得是怎样一批人千里迢迢来到印度做镂花石匠。这种图案分明是该用木头刻的，他们却硬把石头当木头来着刀，而且刻得如此亦娟秀亦刚健，实在令人爱不释手。做个没学问的人真好，因为永远会遇到意外，跑来印度看到伊斯兰教艺术自己已觉得十分可惊可奇，及至在王后陵寝中又发现中国匠人的手迹更是瞠目结舌，乍悲乍喜。

墓穴分两层，上面一层是"虚墓"，下面一层才是"实墓"。另有一说谓真正的墓还要再掘地数丈，不过那种事对我而言不具意义，那是考古学家和盗墓者的事。

墓前坐着守墓人，一灯如豆，他不时长啸一声来表示陵墓设计上的回声之美。伊斯兰教世界的音乐别有一番魔力，我在回廊中转来转去，听回声盘旋而上，如果中国诗人相信鸟鸣可以使深山更幽静，则这串吟啸想来也可以使陵墓更肃穆庄严吧！

太阳渐渐升高，整个墓宫也由凌晨的若有若无的莹白色转变成为刚烈的金属白。当年建材的选用真是高明，简直有点道家的意味，以不设色为色，结果竟反而获致了每一种颜色，时而是晨雾牵纱，时而是夕阳浴金，阴晦时有含烟的温柔，晴朗时有明艳的亮烈。天空蓝中带紫，谦逊沉着，仿佛它的存在，只为给泰吉·玛哈尔陵做一面衬景。已经五个小时了，我和南华移坐在石塔的阴影里，依然目不转睛地望着那不朽的美。

手边有一本印得很粗陋的明信片，上面引用了几位诗人的句子，这种题咏，总是显得吃力不讨好，有一位印度诗人说：

"好像沸腾（冒泡）的牛奶湖。"

另外一个印度诗人说：

"以皎柔的月光筑成的仙境。"

和真正的泰吉·玛哈尔陵相比，那些诗句显得笨拙而又多事。

"别人怎么说，我不管，我说，"导游一副志得意满的样子，"泰吉·玛哈尔陵像一颗爱的眼泪的结晶。"

他说完，等着大家鼓掌，我们鼓了，心里却不甚甘心，因为觉得也没什么大好处。

其实说泰吉·玛哈尔陵"像什么"是徒劳无功的，它什么都不像，它是它自己，无可比拟，而且也不必比拟。它清清楚楚说明了两个男人的悼念之忱，使人想见当年两个早逝妻子的清纯可爱。

"你们喜欢泰吉·玛哈尔吗？"导游像考小学生一样问大家。

"世上所有的女人都会喜欢泰吉·玛哈尔的故事！"我说。

一个印度女人擦身而过，她穿着一身湖绿色的纱质纱丽，真正的"其人如玉"，微风动处，"如玉"的裙裾又复变得"似水"。而当年的泰姬又是怎么的风情呢？十九岁初嫁，朱穆拿河里曾经鉴照一双怎样的璧人！

再看一眼泰姬陵，再想一遍前因后果，以恋恋不舍的目光为花，再献一束芬芳吧！

泰姬，世间所有的女人，基本上是彼此知悉的，因此，容许我和你说话，像朋友一样，泰姬，世间的万千故事里，如果少了你的这一则，将是多大的遗憾。

泰姬，我在垂老之年来至以前，我希望能再看一次这陵墓，在月下，在雨中，在朝暾夕照间。

泰姬，幸福的女人，你使我明白，什么叫作一个女人的幸福——而且，原谅我，当我赤足走在绿茵上（伊斯兰教、印度教和佛教的庙堂都要求参观者脱鞋），当我坐在石板上，当我穿过百花盛开馨香感人犹如一卷经典的绿树，当我叩响每一片大理石的清音，去遥想你隔穴的心情，我忽然为强大的幸福感所攫住，并且重新估计自己究竟拥有多少资产。

你盛年而死，我却活着，并且很无赖地强迫丈夫要把一首叫《白头吟》的歌练好，以待他年唱给我听。

你虽身在世上最美的陵墓中，却不及见其设计之典丽，嵌镶之繁复，我却千里而来，相对俨然，身在山中不见山，何如身不在山中而可以追烟捕岚听风观树。泰姬啊！一棺之隔，我原以为我要来嫉妒你的，而现在还是请你嫉妒我吧！

你活着的时候有仆从之盛，宫廷之富，我却只有小小的公寓，和一畦"日日春"，种在绽红送翠的阳台。但我的那人却说："天地虽大，有一小块地方却属于我们。"当紫薇和小茉莉相对各自紫其紫白其白，我爱宇宙间的这立锥之地远胜皇苑。

泰姬,这样的陵寝而今而后再也不会有了,这样耗费一亿多人次的大工程古来也可能只有这一座了。有一日,如果死亡走近我的屋檐,我们会束手请它先带走它所宠眷的一位。如果它先带去的是我的丈夫,我确知我的名字将是他口中最后的呢喃。如果被选中的是我,我也深信我的墓穴会是一座血色的红宝石宫殿(和你的白色系列成为多么漂亮的对比啊),红而温暖,在一个终生相随的男人的宽阔胸膛中,中间而稍左,在那里,我将侧耳,听我一生听惯的调子,他呼吸的祈祷,他血行的狂涛——再也没有比那更好的位置,宇宙的坐标图上最最温柔的一个点。

泰姬!

故事行

像牛羊一样在草间放牧的石雕

夜晚睡的时候舍不得关拢窗帘,因为山月——而早晨,微蓝的天光也就由那缝隙倾入。我急着爬起来,树底下正散布着满院子的林渊的石雕。其实,昨夜一到黄先生家就已经看到几十件精品,放在客厅周围,奇怪的是我一个个摸过去,总觉不对劲,那些来自河滩的石头一旦规规矩矩在木架上放好,竟格格不入起来,像一个活蹦乱跳的乡下小孩,偶尔进城坐在亲戚家的锦褥上,不免缩手缩脚。而此刻,这像牛羊一样的草间放牧的石雕却一一都是活的。虽然暂时坐着,暂时凝神望远,你却知道,它们随时都会站起身来,会走,会开口,如果是鸡,便会去啄米,如果是猴,便会去爬树……

石雕在树下,一只只有了苔痕。

记得在圣彼得大教堂看米开朗琪罗的逸品,像圣母哀恸像,惊愕叹服之余,不免奇怪坚硬的石头何以到了米氏手里竟柔若白云,虚若飘谷。米氏的石头真是驯化过的,但林渊不是这样的,林渊的每一个石头都仍然是石头，碰人会疼，擦到会青肿，是不折不扣的莽莽大河上游冲下来的石头。它更不是中国文人口里那剔透单瘦造型丑陋有趣的石头。它是安而拙，鲁而直的，简简单单一大块，而因为简单，所以锤凿能从容地加上去。

说起锤凿，有件事应该一提，那就是埔里街上有条打铁街，有些铁制的农具和日用工具挂满一条街，这种景致也算是埔里一奇吧！

假如不是因为有那条铁器街，假如林渊不是因为有个女婿刚好是打铁的，假如不是这女婿为他打了锤凿，不晓得林渊会不会动手雕石头？

"林渊这人很特别，"黄先生说，"四十多年前，他自己一个人做了部机器，可以把甘蔗榨成汁，榨成汁后他又把汁煮成糖。"

林渊到现在仍然爱弄机械，他自己动手做结实的旋椅，他也做了个球形的旋转笼屋。坐在里面把脚往中心轴一踢，就可以转上好多圈——看来像是大型玩具，任何人坐进去都不免变成小孩。

站在树丛中看众石雕的感觉是安然不惊的。世上有些好，因为突兀奇拔，令人惊艳，但林渊的好却仿佛一个人闲坐时看着自己的手，手上的茧以及茧之间的伤痕，只觉熟稔亲和，亲和到几乎没有感觉，只因为是自身的一部分。但我和林渊的石雕间有什么可以相熟相知的呢？是对整个石器时代的共同追忆吧？如果此刻走着走着，看到这些石人、石牛、石龟、石猴幻成古代的守墓石兽，我大概也觉得理所当然吧？甚至如果它又变形为石臼、石析、石斧、石凿，我也不以为奇，这样悠悠苍古的石头是比女娲用以补天的"五色石"还要质朴远古的吧？五色石已经懂得用华彩取悦文明了。而林渊的石头是从河滩搬来的，浑沌未判，充满种种可能性……

沿溪行

那天早上我们出发，沿着野马溪，去找鱼池乡的"渊仔伯"。拐入坡道不久，忽然看到路侧乱草堆里冒出一只只石牛石羊，竟觉得那些作品像指路标一样，正确地指出渊仔伯的地址。继续再走不远，一座巨型的"四海龙王"放在路边，渊仔伯的家到了，这件作品大约一人高，圆大厚实，四方雕有四个不同的龙王，渊仔伯走了出来，硬瘦苍挺，像他的石作，有其因岁月而形成的刚和柔。

走进他这几年自己设计的新家，更吓一跳，大门上和院子里有许多易拉罐拼成的飞机，有捡来的旧钟，构成他独特的"现代感"，旧轮胎的内外胎显然也是他钟爱的"塑材"，他用内外胎，"拾了"许多景观，慕容愣了愣说：

"我要叫学生来看——看一个人可以'大胆'到什么程度。"

工作室的门口,有一块山地人惯用的扁平石材,渊仔伯把它树立在门口,像块布告板,上面写着:

六十六年石刻

林渊

五子三女

福建省海澄县

无党无派

自己思想

每个人走到这里都不免一面读一面着迷起来,这有趣的老人!其实以他的背景而言,由于识字不多,也非自己思想不可,好玩的是他借用政治上的"无党无派",然后再加上"自己思想",显得这"党派"成了学派或画派了。

"这是真的猪。"他介绍自己的作品总是只谈故事,仿佛故事才是重要的,而他的石雕,只不过是那些说给孙儿听的故事的立体插图罢了。"你知道吗?现在全世界每年杀的真猪只不过三四头而已,其他的都不是真的猪,都是人变的猪,真的猪就是这样的。"

他说话的表情认真而平淡,像在告诉你昨天母牛生了小牛一样自然,不需要夸张,因为自认为是事实。

"这个是秦始皇的某(老婆)啦!秦始皇遇到仙人,仙人给了他两朵花,一朵全开,一朵还没开,仙人说全开的给老母戴,未开的给某戴。秦始皇看那朵全开的漂亮,给老母戴了太可惜,还是给太太戴吧!谁知道那全开了的花刚戴上去虽然漂亮,可是一下就谢掉了,一谢掉,人就开始变丑,愈来愈丑,愈来愈丑,后来丑得实在没办法,她自己都觉得羞,所以就逃到山里去了——后来就生下猴子,猴子就是这样来的。"

如果兴致好,他会继续告诉你故事发展下去的枝节,例如这猴子到村子里去偷东西吃,结果被人设计烫红了屁股,而秦始皇的妈妈因为愈来愈漂亮,秦始皇想娶她为妻,她说,不可以,除非你能遮住天上的太阳,秦始皇一急,便去造万里长城,好在遮天蔽日的事还是做不到的。唉,原来极丑和极漂亮都有麻烦呢!

不止林渊自己,连他作品的收藏人,在收藏作品的同时,不免也同时收藏了故事,像黄先生便能一一指陈。

"林渊说,这故事是说,有个人,生了病,他说谁要能医好他,他就把女儿嫁谁。结果,有一只猴子医好了他,他只好守信用把女儿嫁给猴子,可是这事太丢人了,他丢不起脸,就把女儿和猴子放在船上,叫他们飘洋过海到远方去结婚,他们后来也生了孩子,美国人就是这样来的啦!"

林渊有时候也以"成语"为题材,例如他雕婚姻,一块顽石的两侧各雕一男一女,男子眉目凶恶,女子五官平凡卑弱而认命,颈下却有块大瘿瘤,林渊想刻的是台语说的:"项颈生瘤,妇人家嫁了坏姽(丈夫)——都是碰上了。"碰的原文读一音双关,指"碰"上,也指"阻"住。

我看那石雕,却不免惊动,仿佛觉得那女人的肿瘤是一项突显明白的指控,她用沉默失调的肉体在反驳一桩不幸的婚姻。

"这又是什么故事呢?"

"这就是说,很早很早那时候,有人想要来盖一座楼,想要一直盖到天上去,可是有一天早上,他们一醒,忽然每个人说一种话,谁也听不懂谁的,只好大家散散去。"

我大吃一惊,"这故事哪里来的?"如果查得出来,简直要牵出一篇中西交通史。

"书上写的呀!"

"什么书?"我更紧张了。

"就是古早古早的书,都写得明明白白,后来呢,又下了雨,一连下四十天,一天也不停,四十天呢!后来就做大水啦,这些人,就躲在船上……"

我们这才知道那件作品刻的是一列人头,站在船舷边上。但这故事分明是方舟故事，难道我们民间也有这种传说吗？

"阿伯，你的故事哪里听来的？"治平毕竟是教社会学的，问起话来比我有头绪。

"收音机里啊！"他答得坦然。

我松了一口气，起先还以为出现了一条天大的属于"神话比较学"的资料呢！原来渊仔伯不很"纯乡土"，他不知不觉中竟刻了希伯来人的文学。

渊仔伯其实也有简单的不含故事的作品。只是即使简单，他也总有一两句说明：

"这是母虎豹，从前这山上有老虎下来咬人呢，老虎本来就恶，生了孩子，怕人害它的孩子就更恶了！"

"这是公鸡打母鸡。"

另外一座用铁皮焊成的人体，他在肚子上反扣一口炒菜锅，题目竟是"樊梨花怀孕"，真是有趣的组合。

林渊不怕重复自己，因此不会像某些现代艺术家天天为"突破自己"而造作，林渊不怕翻来覆去地重新雕牛、羊、猪、鸡、鸟、蛇、龟、虫、鱼和人。他的作品堆在家门口，堆在工作室，放在大路边，养在草丛里。走过他家围墙，墙上的石头有些也是雕过的，踏上他家台阶，阶石也是雕像，石雕于他既是创作也是生命，是勤劳操作一世之余的"劳动"兼"休闲"。他隶属于艺术，更属于神话。

那天晚上我们回到学生家的别墅，躺在后院鱼池边看星月，有一株迷糊的杏花不知怎的竟在秋风里开了花。这安详的小镇，这以美酒和樱花闻名的小镇，这学生的外公曾在山溪野水中养出虹鳟鱼的小镇，这容得下山地人和平地人共生的小镇，多富饶啊！

我觉得自己竟像那株杏花，有一种急欲探首来了解这番世象的冲动，想探探这片慈和丰沛的大地，想听听这块大地上的故事。

花朝手记

隔花

开完会沿着实验大楼走向研究室,医学院的实验大楼一向是一栋奇怪的屋子,里面有各式各样奇怪的事事物物在进行:兔子和鱼的骨骼排在橱子里森森发白,福尔马林里躺着等待剖析的尸体,有人在狗的腿上找针灸穴位,有人则把癌细胞像种树似的往老鼠身上栽种,古老的草药一一被提精熬髓,总之,热闹非凡。

实验大楼的前面却是平静美丽的,因为种着几十株比人高的红茶花,让人觉得一排看去,像戏台上一群武生各自搠着红缨枪。今年冬天少寒流,天气晴暖,羊毛衫穿在身上,令人与宇宙万物顿成贴心贴意之亲。

红茶花真好,当然白茶花更好,但白茶花的好如清媚的女子,只适合放在天目釉的黑钵子里,钵子放在明窗下,相望之际令人寂然落泪。红茶花却是阳光下、山坡上的慷慨从容的心情,是新写的红春联,是刚剪好的窗花,是太阳的复制品,是不经意地在路上遇见的微笑。

我站在花前看山下，山脚是红尘滚滚的人寰，是名缰利锁的大囚营。但因为隔着这排茶花，城市忽然变得清纯可爱了，错觉上红茶花仿佛用一根别针别在城市的胸前，整个城市看来因而有点像别上红花的新郎新娘，我对这城市可以倾出无限的祝福。

不是因为这城市改变了，是因为我隔着那排花看它——啊，我可以跟全世界和好，我愿意拥抱这四十六亿生灵，只要容许我透过花阵来看万物。

又过了一个月，有一天清晨停了车要去上课，猛然间看见一树一树的羊蹄甲都开了花。我平日惯于把车头对着淡水河的方向停车，仿佛我虽去上课，却仍留下一部分的我去闲站张望似的。此刻，隔着重重花瓣望整个淡水河流域，真是既惊又爱，江山如此，竟不知该如何倾心相爱才好。

我且微微生那羊蹄甲的气，气它有这么好的消息都不预先告诉我一声，仿佛亲生姐妹竟背着你偷偷结了婚一样。但我又立刻原谅它了，它大概来不及吧，一夕之间竟把自己开得像停满紫色蝴蝶的小山谷似的，它是连发帖子的时间都没有了呀！

以前看淡水，总觉最好的时刻便在夕阳时分，因为观音山后那轮落日，使整个淡水地区遂像挑起红纱灯看美人，恁是无情也变得有情起来。但今晨没有落日为衬景，却多了羊蹄甲的滤镜，也一样好。像达·芬奇画全蒙娜丽莎的微笑以后，又在女子身后加上一笔山川平原，那山峦和大地也暖然有了笑意。原来整个疆土都可以是一抹浅笑的衬景，所以整条淡水河也可以是一株羊蹄甲的背景。

多希望观音山淡水河也有青眼如我，多希望它隔着一株花看我，因而对我也有一番更好、更深层的诠释。

天涯共此时的昙花

推开门，打算离开朋友的家，只见天上是繁星如霜，地下是厚厚的干爽橡叶，马利兰州的秋夜，完美得令人怀疑会一触即碎，不免有点不忍举足。就在这略一趑趄迟疑之际，我看清楚玄关处有一株硕大墨绿的昙花。

"从台湾偷带来的。"女主人说。

我们于是就站在那盆昙花前面呆呆地看着，不是花期，整株植物显得道貌岸然，我们就呆看那浓挚的叶子。而昙花的记忆几乎总是和家人连在一起——你可以一个人跑到山上去看樱花，你可以和好友驰车看春来的杜鹃，你可以在全世界的花市里看遍各种价码的花朵。但昙花只开在深夜，在阒静的夜里，赏花的人只能在自家的屋檐下和亲人一起看昙花。昙花让人想起最无心机的夜，最亲最近的人。

"这昙花，说起来也真是古怪，它每次总挑在中午来开花！"

"什么？哪有中午开花的昙花？"我简直有点生气。

"是真的啊！它有'时差'，还没有转过来呢！但是听说拿这叶子去插的就不一样，第二代的昙花就转过来了，也是晚上开花了——"

听她这番话，心里微微一动。由于门开着，玄关处的风铃铮铮作响，这风是来自远方的噫气啊，我轻轻触着那柔软丰厚的叶瓣，惊奇一株移植的仙人掌科植物竟和移民那么相像：安静，无怨，在阳光中本本分分地生长，看起来似乎比本来更有枝繁叶茂、欣欣向荣的样子。只有在它恍惚失察竟致在正午时分冒出一朵花来的时候，你才猛然发现它那平日隐藏得很好的乡愁。

我因它格格不入的花时而黯然了。它不能改变自己已经安身在这个新"空间"里的事实，但它却不知不觉地守着自己的"时间"。在它碧绿的血液里大约有着什么秘密的记忆，让它在马利兰州的中午冒冒失失地开出花来，好隔海和它的旧日故交共度生命中最璀璨的时刻。

不知有花

那时候，是五月，桐花在一夜之间，攻占了所有的山头。历史或者是由一个一个的英雄豪杰叠成的，但岁月——岁月对我而言是花和花的禅让所缔造的。

桐花极白，极矜持，花心却又泄漏些许微红。我和我的朋友都认定这花有点诡秘——平日守口如瓶，一旦花开，则所向披靡，灿如一片低飞的云。

车子停在一个客家小山村，走过紫苏茂生的小径，我们站在高大的桐树下。山路上落满白花，每一块石头都因花罩而极尽温柔，仿佛战马一旦披上了绣坡，也可以供女子骑乘。

而阳光那么好，像一种叫"桂花蜜酿"的酒，人走到林子深处，不免叹息气短，对着这惊心动魄的手笔感到无能为力，强大的美有时令人虚脱。

忽然有个妇人行来，赭红的皮肤特别像那一带泥土的色调。

"你们来找人？"

"我们——来看花。"

"花？"妇人匆匆往前赶路，一面丢下一句，"哪有花？"

由于她并不要求答案，我们也噤然不知如何接腔，只是相顾愕然，如此满山满林扑面迎鼻的桐花，她居然问我们"哪有花"。

但风过处花落如雨，似乎也并不反对她的说法。忽然，我懂了，这是她的家，这前山后山的桐树是他们的农作物，是大型的庄稼。而农人对他们作物的花，一向是视而不见的。在他们看来，玫瑰是花，剑兰是花，菊是花，至于稻花、桐花，那是不算的。

使我们为之绝倒发痴的花，她竟可以担着水夷然走过千遍，并且说：

"花？哪有花？"

我想起少年游狮头山，站在庵前看晚霞落日，只觉如万艳争流竞渡，一片西天华美到几乎受伤的地步，忍不住返身对行过的老尼说：

"快看那落日！"

她安静垂眉道：

"天天都是这样的！"

事隔二十年，这山村女子的口气，同那老尼竟如此相似，我不禁暗暗嫉妒起来。

我自己一向是大惊小怪的。我是禁不得星之灿烂与花之暖香的人。我是来自城市的狂乱执迷之人，我没有办法"处美不惊"。唐人韦苏州在友人家里见到一位绝色歌姬，对于友人能日日心无旁骛地面对美人，不禁大感惊讶。他说，"司空见惯浑无事，断尽苏州刺史肠"。翻成白话就是："我的朋友司空大人对美已经有了免疫能力了，而我却注定完蛋，这种美，是会把我置于死地的啊！"

不为花而目醉神迷、惊愕叹息的，才是花的主人吧？对那大声地问我"花？哪有花？"的山村妇人而言，花是树的一部分，树是山林地的一部分，山林地是生活的一部分，而生活是浑然大化的一部分。她与花可以像山与云，相亲相融而不相知。

宋人张在的诗谓："南邻北舍牡丹开，年少寻芳日几回。唯有君家老柏树,春风来似不曾来。"好个"春风来似不曾来",众芳为春风迷醉成疾的时候,竟有一株翠柏独能挺得住,不落万仞情劫。

年年桐花开的时候,我总想起那妇人,步过花潮花汐而不知有花的妇人,并且暗暗嫉妒。

狭路相逢的桃花

女孩来,叫我跟她去采桃花,她说那是她家的桃花,我就跟她去了。那一年,我七岁。

我们一直走一直走,三月的阳光,在我们走过时,一摊摊皆化成了水。融融暖暖,溅溅有声。

桃花林终于到了,小女孩仰起头来,晴空下,桃枝交柯,纷纷扰扰,桃花菲薄迷离,因为人小,显得桃花高大饱满,蔽日遮天。

那天黄昏回到家里,交给妈妈一整袍的桃花。母亲只是奇怪,为什么脱下毛衣竟抖出一捧花瓣来?

"怪事?你是怎么采花的,怎么采花采到衣服里面去了?"

那桃花林在柳州城,那城后来对我而言竟不再是一个地理位置,而是一种无限依柔的感觉。记忆中满城都是山,山上有树。人和树常在雾里浮着,至于浮桥则搭在水上,柚子花香得无处不在,柚子熟时大大的一个个堆在路边,那么圆,那么大,世上再难找到那么壮硕喜气的果子。

然后，柳州就消失了，消失了四十年。

桃花因而成为我最脆薄、不堪一触的记忆，连母亲当年的唠叨和责骂，我后来想想都觉甜美。因为帮我牢牢记住了桃花瓣柔柔腻腻的擦触的感觉，衣领里能抖出一捧花瓣的记忆，真是豪侈。

中国人如果有一个理想国，它的位置便必然在溪水最清处，桃花最炽处。它的名字必然叫作"桃花源"。

因为回不去，桃花林于我便愈来愈成为一个似真似幻的梦境，我和它之间有些纠缠不清的东西，那是我第一次被植物的美所刺激，也是我第一次眷眷然了解人世中有令人舍不得、放不下的东西。

听说有一位老兵，十岁左右就在故乡订了亲。以后出来当兵、打仗、退伍、结婚、生子，今年回老家去，不知为什么，很想看看从来没见过面的未婚妻，不意遭家人拦住了，他恨道：

"不甘心啊！我只想看看她是个什么样子啊！"

"有什么好看，又老又丑又一堆儿孙。"他的大哥骂道。

而我比那老兵幸运，我所眷眷不能忘情的是桃花，桃花不会老丑，而且不一定要到柳州去寻找。柳州那山城太好，前人说"死在柳州"，原是指柳州有好树堪做好棺木，但对我而言，一度活在柳州也是幸福的，那样好山好水好花好树的地方。但不去柳州也罢,留一点怅惘在远方也很好,但桃花林却非回去一趟不可。我知道我欠桃花一段情缘,我必须再去看一次盛放到极致的桃花,我必须把七岁那年两相照面之下,没有看清楚、讲清楚的情节再重复一次。有许多感谢,有许多思忆,都必须我自己与桃花当面说明。我确知在这个世界上,桃花这种花无论浪迹到天涯海角总是美丽的,但重逢的时候,我能否无愧故友?我是否仍有小女孩的丰颊黑睛,与桃花灼灼相对?

今年春天,听友人说太鲁阁山里桃花开了,便一径投奔而去。峡谷极窄,刚能容人,一路上台湾榉独排众议,不肯跟樟树、桑树以及荚迷同绿,它的颜色介乎胭红与肉红之间,时不时地冒出一两棵来,山路惊险繁奥,每转一个弯,就把自己的风景彻底否定一次。

不可思议的一条路!峡谷中的立雾溪奔窜如白练,新栽的绿叶是翠绫,油菜花则黄如丝绢,好一条华丽的"丝路"。带路的人说桃花分六个台地,一台一台,层层涌动,我想该给它取名叫"六如"。《金刚经》中论世上万物,谓"如梦、如幻、如泡、如影、如露、如电"。这六层桃花美到极致,也只能如此看待。

我们终于停下来。面对四百多株桃花,我独自走开,倚石静坐。奇怪的是一点也不激狂,行过如此长长的四十年,行过窄仄刚可通人的峡谷,我在山坳里与桃花重逢,在别人一片探亲潮中,我的亲人是桃花,我来此与它一叙旧情。

花色极淡，是试探地不想让人发现的胭脂。树干虬结，似乎怕花色太柔太浮，所以刻意用极稳重的青黑托住。一棵树上仿佛那树干是古典主义，花却是浪漫主义。神话中的桃花是夸父的手杖化成的，想来夸父逐日渴死的时候，手杖也正是这枯竭干皱的颜色吧？奇怪的是，在这肃穆庄凝如铁一般的意志上竟开出那扑簌簌的如泪如歌的颜色来？那颜色是长虹之照水，是惊鸿之乍掠，那颜色是我贮存心头半生的一点秘密，是天地大化、洁手清心之余，为最钟爱的孩子刻意酿下的一坛酒的酒色。

我安静地与此颜色相对，只觉满心"合当如是"的坦然。失去的岁月此刻好像忽然接上了，我仍是当年桃花林中的小女孩。只是以前必须仰视的，现在可以平视了。我斜靠在大青石上，望着桃花的江海，望着营营的蜂蝶，望着乌头翁和大卷尾扑翅有声的节奏，只觉是什么好心的神仙把天地和岁月的好去摄了来，放在这小小的峡谷中了。天空澄蓝无物，山径寂寥无为，阳光和好风都温柔千种。我有一笔一纸和一卷诗在手，但纸笔沉落，诗则如小鱼，自己倏忽游走消失，我于是垂首睡着了。四野桃花，为我联袂圈出一片净土，并且守我入梦——这正是我要的，找一个幽隐邃密的桃花林子，靠一块浑然天成、仿佛仙枕的大石头，然后借一梦幽幽把前缘旧事一一续上。

晋人王献之曾在桃花津渡上送他所爱的女子桃叶，并作《桃叶歌》。其实，桃花季节，每一朵乍开的桃花都等于一处水光潋滟的桃花渡口，把凡人渡向不可知的前路。

真的很好，四十年后，隔着海，重新找到桃花渡口，清楚地感觉被天地和岁月爱宠的身份。生命此刻又可以从这里撑篙出发，沿着春天的津渡而上，清溪泻玉，桃花放焰，追日的神话四伏欲出。在一片坠落的花瓣将我惊醒之前，生命还有那么多那么丰富的情节可以一一来入梦。

秋天·秋天

满山的牵牛藤起伏，紫色的小浪花一直冲击到我的窗前才猛然收势。

阳光是耀眼的白，像锡，像许多发光的金属。是哪个聪明的古人想起来以木象春而以金象秋的？我们喜欢木的青绿，但我们怎能不钦仰金属的灿白？

对了，就是这灿白，闭着眼睛也能感到的。在云里，在芦苇上，在满山的翠竹上，在满谷的长风里，这样乱扑扑地压了下来。

在我们的城市里，夏季上演得太长，秋色就不免出场得晚些，但秋是永远不会被混淆的——这坚硬明朗的金属季。让我们从微凉的松风中去认取，让我们从新刈的草香中去认取。

已经是生命中第二十五个秋天了，却依然这样容易激动。正如一个诗人说的：

"依然迷信着美。"

是的，到第五十个秋天来的时候，对于美，我怕是还要这样执迷的。

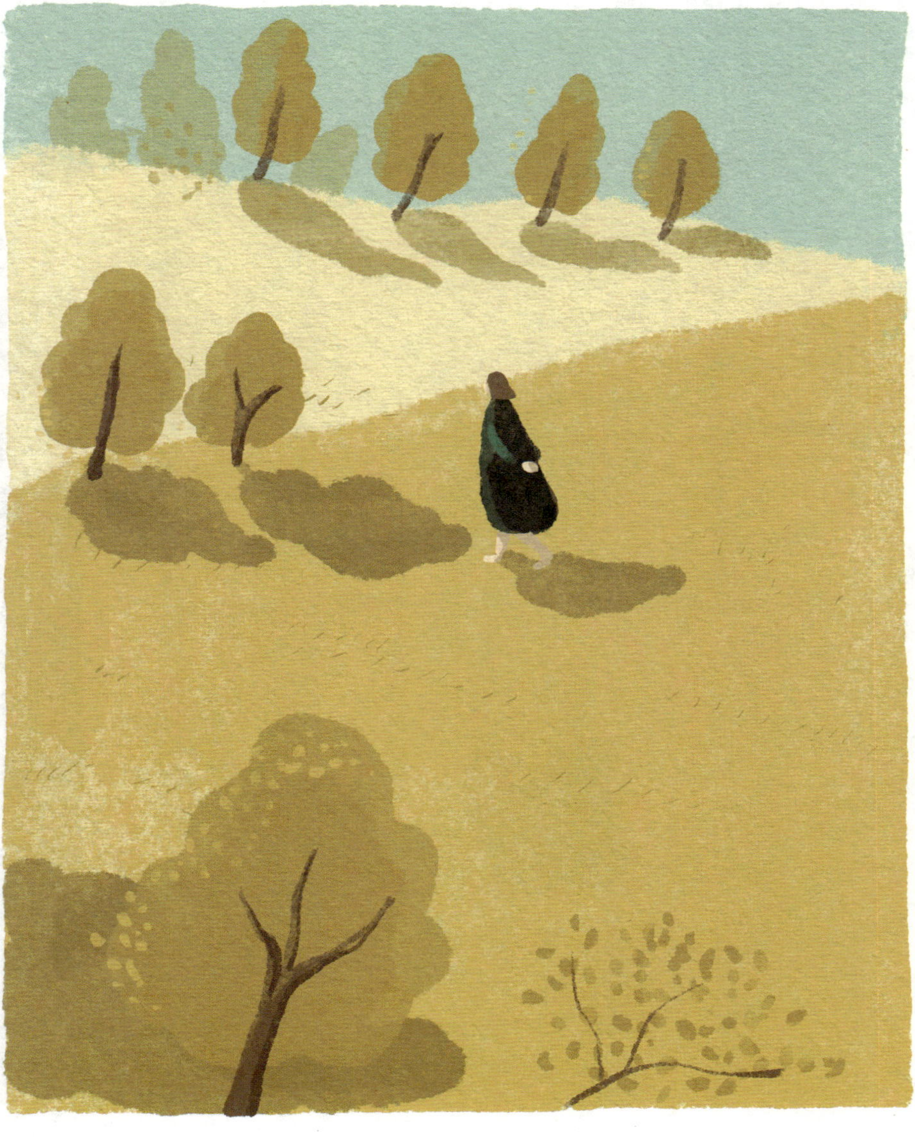

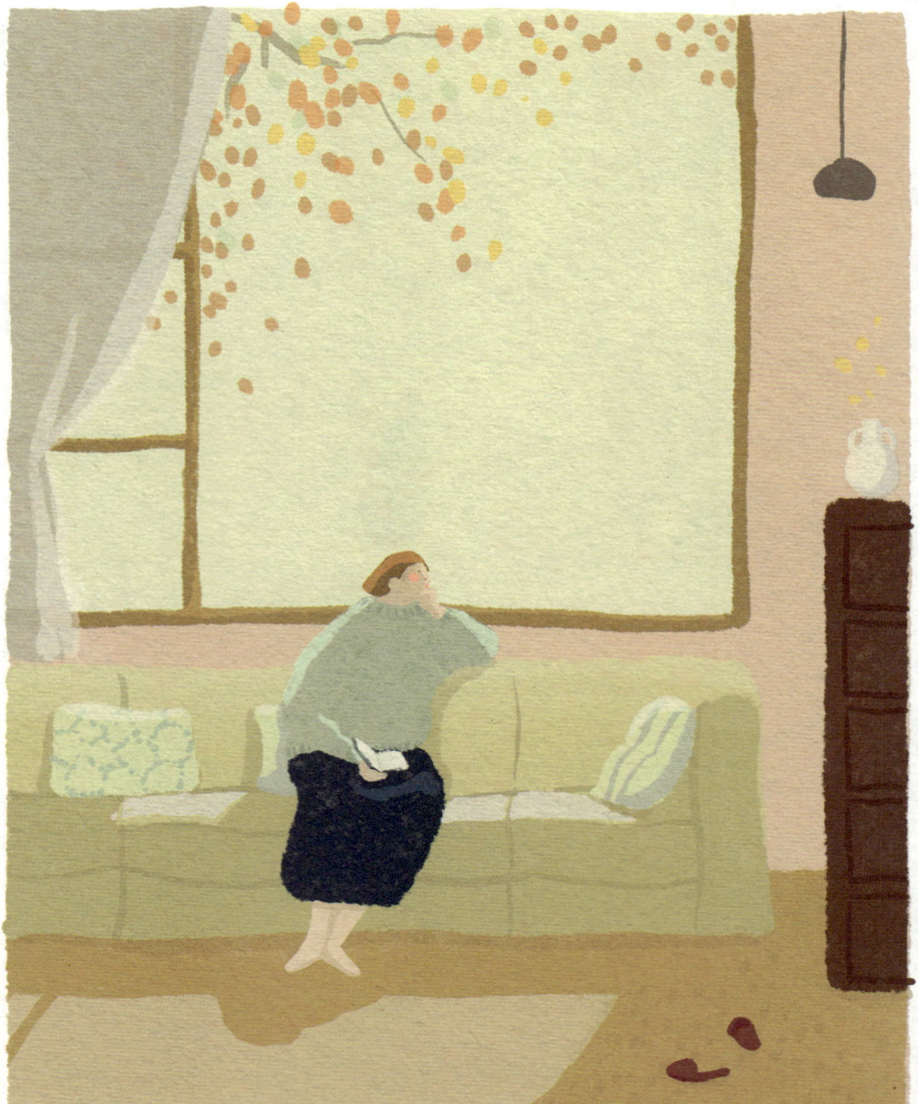

那时候，在南京，刚刚开始记得一些零碎的事，画面里常常出现一片美丽的郊野，我悄悄地从大人身边走开，独自坐在草地上。梧桐叶子开始簌簌地落着，簌簌地落着，把许多神秘的美感一起落进我的心里来了。我忽然迷乱起来，小小的心灵简直不能承受这种兴奋。我就那样迷乱地捡起一片落叶。叶子是黄褐色的，弯曲的，像一只载着梦的小船，而且在船舷上又长着两粒美丽的梧桐子。每起一阵风我就在落叶的雨中穿梭，拾起一地的梧桐子。必有一两颗我所未拾起的梧桐子在那草地上发了芽吧？二十年了，我似乎又能听到遥远的西风，以及风里簌簌的落叶。我仍然能看见那载着梦的船，航行在草原里，航行在一粒种子的希望里。

又记得小阳台上的黄昏，视线的尽处是一列古老的城墙。在暮色和秋色的双重苍凉里，往往不知什么人又加上一阵笛音的苍凉。我喜欢这种凄清的美，莫名所以地喜欢。小舅舅曾经带我一直走到城墙的旁边，那些斑驳的石头、蔓生的乱草，使我有一种说不出的感动。长大了读辛稼轩的词，对于那种沉郁悲凉的意境总觉得那样熟悉，其实我何尝熟悉什么词呢？我所熟悉的只是古老南京城的秋色罢了。

后来，到了柳州，一城都是山，都是树。走在街上，两旁总夹着橘柚的芬芳，学校前面就是一座山，我总觉得那就是地理课本上的十万大山。秋天的时候，山容澄清而微黄，蓝天显得更高了。

"媛媛,"我怀着十分的敬畏心情问我的同伴,"你说,教我们美术的龚老师能不能画下这座山?"

"能,他能。"

"能吗?我是说这座山的全部。"

"当然能,当然,"她热切地喊着,"可惜他最近打篮球把手摔坏了,要不然,全柳州、全世界他都能画呢!"

沉默了好一会儿。

"是真的吗?"

"真的,当然是真的。"

我望着她,然后又望着那座山,那神圣的、美丽的、深沉的秋山。

"不,不可能。"我忽然肯定地说,"他不会画,一定不会。"

那天的辩论后来怎样结束的,我已不记得了,而那个叫媛媛的女孩子和我已经阔别了十几年。如果我能重见她,我仍会那样坚持的。

没有人会画那样的山,没有人能。

媛媛,你呢?你现在承认了吗?前年我碰到一个叫媛媛的女孩子,就急急地问她,她却笑着说,已经记不得住过柳州没有了。那么,她不会是你了。没有人能忘记柳州的,没有人能忘记那苍郁的、沉雄的、微带金色的、不可描摹的山。

而日子被西风刮尽了,那一串金属性的、有着欢乐叮当声的日子。终于,人长大了,会念《秋声赋》了,也会骑在自行车上,想象着陆放翁"饱将两耳听秋风"的情怀了。

秋季旅行,相片册里照例有发光的记忆。还记得那次倦游回来,坐在游览车上。

"你最喜欢哪一季呢?"我问芷。

"秋天。"她简单地回答,眼睛里凝聚了所有美丽的秋光。

我忽然欢欣起来。

"我也是,啊,我们都是。"

她说了许多秋天的故事给我听,那些山野和乡村里的故事。她又向我形容那个她常在它旁边睡觉的小池塘,以及林间说不完的果实。

车子一路走着,同学沿站下车,车厢里越来越空了。

"芷,"我忽然垂下头来,"当我们年老的时候,我们生命的同伴一个个下车了,座位慢慢地稀松了,你会怎样呢?"

"我会很难过。"她黯然地说。

我们在做什么呢?芷,我们只不过说了些小女孩的傻话罢了,那种深沉的、无可如何的摇落之悲,又岂是我们所能了解的。

但,不管怎样,我们一起躲在小树丛中念书,一起说梦话的那段日子是美的。

而现在,你在中部的深山里工作,像传教士一样地工作着,从心里爱那些朴实的山地灵魂。今年初秋,我们又见了一次面,兴致仍然那样好,坐在小渡船里,早晨的淡水河还没有揭开薄薄的蓝雾,橹声琅然,你又继续你的山林故事了。

"有时候,我向高山上走去,一个人,慢慢地翻越过许多山岭。"你说,"忽然,我停住了,发现四壁都是山!都是雄伟的、插天的青色!我吃惊地站着,啊,怎么会那样美!"

我望着你,芷,我的心里充满了幸福。分别这么多年了,我们都无恙,我们的梦也都无恙——那些高高的、不属于地平线上的梦。

而现在,秋在我们这里的山中已经很浓很白了。偶然落一阵秋雨,薄寒袭人,雨后常常又现出冷冷的月光,不由人不生出一种悲秋的情怀。你那儿呢?窗外也该换上淡淡的秋景了吧?秋天是怎样地适合故人之情,又怎样地适合银银亮亮的梦啊!

随着风,紫色的浪花翻腾,把一山的秋凉都翻到我的心上来了。我爱这样的季候,只是我感到我爱得这样孤独。

我并非不醉心春天的温柔,我并非不向往夏天的炽热,只是生命应该严肃、应该成熟、应该神圣,就像秋天所给我们的一样——然而,谁懂呢?谁知道呢?谁去欣赏深度呢?

远山在退,遥遥地盘结着平静的黛蓝,而近处的木本珠兰仍香着,香气真是一种权力,可以统辖很大片的土地。溪水从小夹缝里奔窜出来，在原野里写着没有人了解的行书，它是一首小令，曲折而明快，用以描绘纯净的秋光的。

而我的扉页空着，我没有小令，只是我爱秋天，以我全部的虔诚与敬畏。

愿我的生命也是这样的，没有太多绚丽的春花，没有太多飘浮的夏云，没有喧哗，没有旋转着的五彩，只有一片安静纯朴的白色，只有成熟生命的深沉与严肃，只有梦，像一树红枫那样热切殷实的梦。

秋天，这坚硬而明亮的金属季，是我深深爱着的。

传说中的宝石

那年初秋,我们在韩国庆州吐含山佛国寺观日出。

清晨绝冷,大家一路往更高更冷的地方爬上去,爬到一座佛寺,有人出面为那座并不起眼的佛像做一番解释:

"哎哟!你们来的时候不对!如果你们是十二月二十二号那天来,就不得了啦!那菩萨的额头中间嵌着一块宝石呢!到了十二月二十二号那天早晨,太阳的角度刚好照在那块宝石上,就会射出千千万万道光芒,连海上远远的渔船都看得见呢!"

我们没有看到那出名的"石窟庵菩萨"的奇景,只好把对方词不达意的翻译放在心上,一面将信将疑地继续爬山路。那天早晨我们及时到达山顶,兴奋地从云絮深处看那丸蹦跃而出的血红日头。

每想起庆州之行,虽会回想那看得到的日出胜景,却不免更神往那未曾看到的万道华彩。其辉灿绚丽处,果如传说中说的那么神奇吗?后来又听人说,那块宝石早就失窃了。果真失窃,那么,看不到奇景的遗憾,就不仅是我一个人的了。这件事在我心里渐渐变成一件美丽的疑案,我常想,如果宝石尚在,每一年的某月某时某分,太阳就真可以将一块菩萨额头的宝石折射成万道光芒吗?我不知道,然而,我却知道——

如果,清晨时分我面对太阳站立,那么,我脸上那平凡安静的双瞳也会因日出而幻化为光辉流烁的稀世黑晶宝石!不必等什么十二月二十二日,每一天的日出,我的眼睛都可自动对准太阳而射出欢呼和华彩——并且,这一块(不,这两块)永不遭窃。除非,有一天,时间之神自己亲手来将它取回。

我于是憬悟到自身的庄严、灿美,原来尤胜于在深山莲花座上加趺坐的石佛。

第一个月盈之夜

月亮节

世上爱月的群体，中国人要算一个。

犹太人、阿拉伯人虽然也爱月，却不似中国人弄出一年五个"月亮节"出来。

第一个月亮节便是元宵节（上元节），一年里的第一度月圆，这时候虽然一时还天寒地冻，却不免有潜伏的春意在各地部署，并且蠢蠢欲动。

第二个月亮节是二月十五日，也叫花朝，据说是百花的生日，花真聪明，怎么刚好就找到第二度月圆作生日呢？想必是群芳商量好了，从大地母亲的肚子上剖腹而生，为了纪念那圆浑的母腹，她们以月盈日为生日。

第三个是中元节（七月十五），严格地说起来是给鬼过的月亮节，其实鬼心虚虚怯怯，未必喜欢月明之夜呢！不过人世里的活人总以为他们会留下那份固执的回忆，仍然爱着那丸透明莹澈的团栾月。

第四个是中秋节，时令到了八月半，整个大地都圆熟了，乃设起人间的圆瓜圆饼圆果来遥拜圆月。中国人的拜月只如朋友见面相揖，并无"拜月教"的慎重，却反而有一份自然质朴的相知之情，一时之间恍惚只觉口中吃的竟是月光，天上悬的反是宇宙的瓜果了。台湾旧俗有"照月光"事，便是令妇人观月浴月，谓之容易怀孕。此事或于中秋或于元宵进行，想来是由于月亮由消至盈的神秘过程令人迷惑，觉得那也是一番大孕育吧？

第五个也称"下元节"，只祭祖，在十月十五日。

月亮与灯

据说，月亮从太阳学会发光——而灯，却从月亮学会发光，灯应该是太阳的再传弟子。

我们虽有五个月亮节，却只有上元与中秋和月亮有比较直接的关系。中秋夜用瓜果饼饵来摹拟月，上元夜则用花灯来摹拟月。灯是自我设限的火，极谨守极谦退，从来不想去燎原、去焚山，只想守住小小的光焰，只想本分地照出一小团可信赖的光辉。灯是招之即来、挥之即去的光，像旧式的母亲，婉转随儿女，却又自有其尊贵。

谁家见月能闲坐？
何处闻灯不看来？

那是唐朝诗人崔液绝句《上元夜》里的句子。

去年元夜时,
花市灯如昼。
月上柳梢头,
人约黄昏后。
今年元夜时,
月与灯依旧。
不见去年人,
泪湿青衫袖。

这阕《生查子·元夕》相传或是朱淑真的,当然也有说是别人写的,我倒是宁可相信它出于一位女词人之手。

男性词人的元夜感怀,不免比女子少一份柔情多一份苍凉,像张抡的《烛影摇红·上元有怀》便是如此:

驰隙流年,
恍如一瞬星霜换。
今宵谁念泣孤臣,
回首长安远。
可是尘缘未断。

谩惆怅、华胥梦短。

满怀幽恨，

数点寒灯，

几声归雁。

姜白石的《鹧鸪天·元夕有所梦》，所记的也是元夕的悲怅：

春未绿，

鬓先丝。

人间别久不成悲。

谁教岁岁红莲夜，

两处沉吟各自知。

刘克庄的《生查子·元夕戏陈敬叟》也有类似的无奈：

繁灯夺霁华，

戏鼓侵明发。

物色旧时同，

情味中年别。

元夜词里最被后人赏识的恐怕是辛稼轩的《青玉案·元夕》了：

东风夜放花千树,

更吹落,星如雨。

宝马雕车香满路。

凤箫声动,

玉壶光转,

一夜鱼龙舞。

蛾儿雪柳黄金缕,

笑语盈盈暗香去。

众里寻他千百度,

蓦然回首,

那人却在,灯火阑珊处。

辛稼轩写的是一阕词,但是八百年后却有人把它当一则诗谜来忖度。

八百年前一诗谜

上元之夜,是月亮节,是灯节以及谜语节。

月是天上的灯,灯是地下的月,而谜语呢,谜语是人心内在的月光,启动最初的智慧,是照亮灵明处的一线幽辉。

所有的孩子都喜欢谜语。

所有的神话里的英雄,都可以编成谜语。

而辛稼轩的词,算不算一则谜语呢,那其间又有什么深意?几百年后的王静安坐在书桌前,写他的《人间词话》。

他是一个细腻的学者,纤柔敏感。

"尼采谓一切文学,"他在纸上写下,"余爱以血书者,后主之词,真所谓以血书者也。"

用尼采来论后主,这便是静安先生了。他又继续写下去,宁静的眼神里渐渐透出热切的凝注。

古今之成大事业大学问者,必经过三种之境界:

> 昨夜西风凋碧树,
> 独上高楼,
> 望尽天涯路。

此第一境也。

> 衣带渐宽终不悔,
> 为伊消得人憔悴。

此第二境也。

> 众里寻他千百度,

蓦然回首,

那人却在灯火阑珊处。

此第三境也。

写完三个境界,他掷笔兀然了。这三首词的作者,晏殊、柳永和辛稼轩会同意他的说法吗?

他们并不曾设下谜话,他却偏要品味作者自己也不曾确知的语言背后的玄机,他是对的吗?

也许,所有的诗、所有的词、所有的拈花微笑的禅意都是谜吧?"众里寻他千百度",寻的是什么呢?寻的是上元夜芸芸众生里的青衫或红袖?抑或是自己心头的一点渴望?

第一个月盈之夜

一年里的第一个月盈之夜,此夜唯一的责任是欢乐。

一年里唯一的灯节,此夕应看遍人间繁华。

一年里唯一猜人也被人猜的日子,生命的虚虚实实,真真幻幻,除了谜语,还有什么更好的方式可以说明?

祝福人世,祝福你——你这与我共此明月、共此繁灯、共此人生之谜的人。

东邻的竹和西邻的壁

午夜,我去后廊收衣。

如同农人收他的稻子,如同渔人收他的网,我收衣服的时候,也是喜悦的,衣服溢出日晒后干爽的清香,使我觉得,明天或后天,会有一个爽净的我,被填入这些爽净的衣衫中。

忽然,我看到西邻高约十五米的整面墙壁上有一幅画。不,不是画,是一幅投影。我不禁咂舌,真是一幅大立轴啊!

大画,我是看过的,大千先生画荷,用全开的大纸并排连作,恍如一片云梦大泽。我也曾在美国得克萨斯州,看过一幅号称世界最大的画。看的时候不免好笑,论画,怎能以大小夸口?得克萨斯州人也许有点奇怪的文化自卑感,所以动不动就要强调自己的大。那幅画自成一家收藏馆,进去看的人买了票,坐下,像看电影一样,等着解说员来把大画一处处打上照灯,慢慢讲给你听。

西方绘画一般言之多半做扁形分割,中国古人因为席地而坐,所以有一整面的墙去挂画,因而可以挂长长的立轴。我看的得克萨斯州那幅大画便是扁形的,但此刻,投射在我西邻墙上的画却是一幅立轴，高达十五米的立轴。

我四下望了望，明白这幅投影画是怎么造成的了。原来我的东邻最近大兴土木，为自己在后院造了一片景致。他铺了一片白色鹅卵石，种上一排翠竹，晚上，还开了强光投射灯，经灯一照，那些翠竹便把自己"影印"到那面大墙上。

我为这意外的美丽画面而惊喜呆立，手里还抱着由于白昼的恩赐而晒干的衣服，眼中却望着深夜灯光所幻化的奇景。

这东邻其实和我隔着一条巷子，我们彼此并不贴邻，只是他们那栋楼的后院接着我们这栋的后院。三个月前他家开始施工，工程的声音成天如雷贯耳，住这种公寓房子真是"休戚与共"，电锯电钻的声音竟像牙医在我牙床上动工，想不头痛也难。三个月过去，我这做邻居的倒也得到一份意外的奖品，就是有了一排翠生生的绿竹可以看。白天看不算，晚上还开了灯供你看，我想，这大概算是我忍受噪声的补偿吧！

我绝少午夜收衣服，所以从来没有看到这种娟娟竹影投向大壁的景致，今晚得见，也算奇缘一场。

古代有一女子，曾在夜晚描画窗纸上的竹影，我想那该算是写实主义的笔法。我看到的这一幅却不同，这一幅是把三米高的竹子，借着斜照的灯光扩大到十五米，充满浪漫主义的荒渺夸大的美感。

此刻，头上是台北上空有限的星光，身旁又有奇诞如神话的竹影，我忽然充满感谢。想我半生的好事好像都是如此发生的：东邻种了一丛竹，西邻造了一堵壁，我却是站在中间的运气特别好的那一位，我看见了东园修竹投向西家壁面的奇景。

对，所有的好事全都如此发生，例如有人写了《红楼梦》，有人印了《红楼梦》，有人研究了红学，而我站在中间，左顾右盼，大快之余不免叫人一起来瞧瞧，就这样，竟可以被叫作教授。又例如上天造了好山好水，工人又铺了好桥好路，我来到这大块文章之前，喟然一叹，竟因而被人称为作家……

东邻种竹，但他看到的是落地窗外的竹，而未必见竹影。西邻有壁，但他们生活在壁内，当然也见不到壁上竹影。我既无竹也无壁，却是奇景的目击者和见证人。

是啊，我想，世上所有的好事都是如此发生的……

㈡——遇见

我在

　　记得是小学三年级，偶然生病，不能去上学，于是抱膝坐在床上，望着窗外寂寂青山、迟迟春日，心里竟有一份巨大幽沉至今犹不能忘的凄凉。当时因为小，无法对自己说清楚那番因由，但那份痛，却是记得的。

　　为什么痛呢？现在才懂，只因你知道，你的好朋友都在那里，而你偏不在，于是你痴痴地想，他们此刻在操场上追追打打吗？他们在教室里挨骂吗？他们到底在干什么啊？不管是好是歹，我想跟他们在一起啊！一起挨骂挨打都是好的啊！

　　于是，开始喜欢点名，大清早，大家都坐得好好的，小脸还没有开始脏，小手还没有汗湿，老师说："×××。"

　　"在！"

　　正经而清脆，仿佛不是回答老师，而是回答宇宙乾坤，告诉天地，告诉历史，说，有一个孩子"在"这里。

　　回答"在"字，对我而言总是一种饱满的幸福。

　　然后，长大了，不必被点名了，却迷上旅行。每到山水胜处，总想举起手来，像那个老是睁着好奇圆眼的孩子，回一声："我在。"

"我在"和"某某到此一游"不同，后者张狂跋扈，目无余子，而说"我在"的仍是个清晨去上学的孩子，高高兴兴地回答长者的问题。

其实人与人之间，或为亲情或为友情或为爱情，哪一种亲密的情谊不能基于我在这里，刚好，你也在这里的前提？一切的爱，不就是"同在"的缘分吗？就连神明，其所以神明，也无非由于"昔在、今在、恒在"，以及"无所不在"的特质。而身为一个人，我对自己"只能出现于这个时间和空间的局限"感到另一种可贵，仿佛我是拼图板上扭曲奇特的一块小形状，单独看，毫无意义，及至恰巧嵌在适当的时空，却也是不可少的一块。天神的存在是无始无终浩浩莽莽的无限，而我是此时际此山此水中的有情和有觉。

有一年，和丈夫带着一团的年轻人到美国和欧洲去表演，我坚持选崔颢的《长干曲》作为开幕曲，在一站复一站的陌生城市里，舞台上碧色绸子抖出来粼粼水波，唐人乐府悠然导出：

君家何处住？妾住在横塘。
停船暂借问，或恐是同乡。

渺渺烟波里,只因错肩而过,只因你在清风我在明月,只因彼此皆在这地球,而地球又在太虚,所以不免停舟问一句话,问一问彼此隶属的籍贯,问一问昔日所生、他年所葬的故里。那年夏天,我们也是这样一路去问海外中国人的隶属所在的啊!

有这样一则故事,老先知以利因年迈而昏聩无能,坐视宠坏的儿子横行,小先知撒母耳却仍是幼童,懵懵懂懂地穿件小法袍在空旷的大圣殿里走来走去。然而,有一夜他听见轻声的呼唤:"撒母耳!"

他虽渴睡却是个机警的孩子,跳起来,便跑到老人以利面前:"你叫我,我在这里!"

"我没有叫你,"老态龙钟的以利说,"你去睡吧!"

孩子躺下,他又听到相同的叫唤:"撒母耳!"

"我在这里,是你叫我吧?"他又跑到以利跟前。

"不是,我没叫你,你去睡吧。"

第三次他又听见那召唤的声音,小小的孩子实在给弄糊涂了,但他仍然尽快跑到以利面前。

老以利蓦然一惊,原来孩子已经长大了,原来他不是梦里听错了话,不,他已听到第一次天音,他已面对神圣的召唤。虽然他只是一个稚弱的小孩,虽然他连什么是"天之钟命"也听不懂,可是,旧时代毕竟已结束,少年英雄会受天承运挑起八方风雨。

"小撒母耳，回去吧！有些事，你以前不懂，如果你再听到那声音，你就说：'神啊！请说，我在这里。'"

撒母耳果真第四度听到声音，夜空烁烁，廊柱耸立如历史，声音从风中来，声音从星光中来，声音从心底的潮声中来，来召唤一个孩子。撒母耳自此至死，一直是个威仪赫赫的先知，只因多年前，当他还是稚童的时候，他答应了那声呼唤，并且说："我在这里。"

我当然不是先知，从来没有想做"救星"的大志，却喜欢让自己是一个"紧急待命"的人，随时能说"我在，我在这里"！

这辈子从来没喝得那么多，大约是一瓶啤酒吧，那是端午节的晚上，在澎湖的小离岛。为了纪念屈原，渔人那一天不出海，小学校长陪着我们和家长会的朋友吃饭，对着仰着脖子的敬酒者，你很难说"不"。他们喝酒的样子和我习见的学院人士大不相同，几杯下肚，忽然红上脸来，原来酒的力量竟是这么大的。起先，那些宽阔黧黑的脸不免不自觉地有一份面对台北人和读书人的卑抑，但一喝了酒，竟人人急着说起话来，说他们没有淡水的日子怎么苦，说淡水管如何修好了又坏了，说他们宁可倾家荡产，也不要天天开船到别的岛上去搬运淡水……

而他们嘴里所说的淡水，在台北人看来，也不过是咸涩难咽的怪味水罢了——只是于他们却是遥不可及的美梦。

我们原来只是想去捐书，只是想为孩子们设置阅览室，没有料到他们红着脸粗着脖子叫嚷的却是淡水！这个岛有个好听的名字，叫"鸟屿"，岩岸是美丽的黑得发亮的玄武石组成的。浪大时，水珠会跳过教室直落到操场上来，澄莹的蓝波里有珍贵的丁香鱼，此刻餐桌上则是酥炸的海胆，鲜美的小鳝……然而这样一个岛，却没有淡水。

我能为他们做什么？在同盏共饮的黄昏，也许什么都不能，但至少我在这里，在倾听，在思索我能做的事……

读书，也是一种"在"。

有一年，到图书馆去，翻一本《春在堂笔记》，那是俞樾先生的集子，红绸精装的封面，打开封底一看，竟然从来也没人借阅过，真是"古来圣贤皆寂寞"啊！心念一动，便把书借回家去。书在，春在，但也要读者在才行啊！我的读书生涯竟像某些人玩"碟仙"，仿佛面对作者的精魄。对我而言，李贺是随召而至的，悲哀悼亡的时刻，我会说："我在这里，来给我念那首《苦昼短》吧！念'吾不识青天高，黄地厚，唯见月寒日暖，来煎人寿'。"读那首韦应物的《调笑令》的时候，我会轻声地念："胡马，胡马，远放燕支山下。跑沙跑雪独嘶，东望西望路迷。迷路，迷路，边草无穷日暮。"一面觉得自己就是那从唐朝一直狂驰至今不停的战马，不，也许不是马，只是一股激情，被美所迷，被莽莽黄沙和胭脂红的落日所震慑，因而心绪万千，不知所止的激情。

看书的时候，书上总有绰绰人影，其中有我，我总在那里。

"我在"，意思是说我出席了，在生命的大教室里。

几年前，我在山里说过的一句话容许我再说一遍，作为终响："树在。山在。大地在。岁月在。我在。你还要怎样更好的世界？"

有愿

暮春四月的晚上沿着逐渐复活的爱河走来,一泓八角形的清澈池水,恍惚如有所待,而在这透明无所隐藏的池水前,我们要说出自己无所隐藏的心愿。

人能有愿,如花之有蕊,烛之有焰,大地之有轴序,该是件极幸运的事。

说起许愿,我不由自主地想起童话故事里那对贫苦的夫妻。有一个难熬的冬夜,天使出现了,并且特准他们许三个愿。饿昏了的丈夫立刻大声说:

"我希望有盘大大的香肠!"

肥满的香肠来了。做妻子的生了气,一个本来可以"成为无限"的愿望,此刻降格成为一盘不值钱的香肠,她恨恨地叫起来:

"香肠,哼,我希望这大串香肠全长到你的鼻子上去才好!"

天使是法力无边的,妻子一句话尾音未落,香肠早已牢牢地在丈夫鼻子上生了根。

两人相对愕然,一霎间,他们竟只剩下最后一个愿望了。世上虽有万千美梦可供祈求，但现在他们已没有权利去选择了——和我们一样，他们曾经因无知浪费了自己，一些无谓的追逐、固执和敌意造成一重重伤害。而现在，如果还有愿可许，我们——这些生活在这块土地上，曾一度热衷于经济开发，而付上太大代价的一代，选择力的愚蠢一如那对贫苦夫妻的一代——此刻也只能像那妻子虔诚俯首，说：

"愿一切恢复原状。"

是啊，如果我有愿，也只是愿一切如初：愿鸢飞，愿鱼跃，愿肺叶能呼吸一口干净空气，愿人和人之间祥和无争。让一切失去的重新回来，让生命遂成其为生命应有的尊严。

下面的文字是我近年来的私愿，陈扬就此谱曲，齐豫用干净明亮的声音唱了它，听来是一种强式的深情，我很喜欢，由于也喜欢高雄市"愿池"构想，我要在献池典礼中轻轻念一遍我的私愿：

凡有翅的让它能飞

凡有鳍的让它能游

凡有脚的让它行走

凡有气息的让它呼吸

凡有生命的让它自由

遇见

一个久晦后的五月清晨,四岁的小女儿忽然尖叫起来:

"妈妈!妈妈!快点来呀!"

我从床上跳起,直奔她的卧室,她已坐起身来,一语不发地望着我,脸上浮起一层神秘诡异的笑容。

"什么事?"

她不说话。

"到底是什么事?"

她用一只肥匀的有着小肉窝的小手,指着窗外。而窗外什么也没有,除了另一座公寓的灰壁。

"到底什么事?"

她仍然秘而不宣地微笑,然后悄悄地透露一个字:

"天!"

我顺着她的手望过去,果真看到那片蓝过千古而仍然年轻的蓝天,一尘不染、令人惊呼的蓝天,一个小女孩在生字本上早已认识,却在此刻仍然不觉吓了一跳的蓝天,我也一时愣住了。

于是,我安静地坐在她的旁边,两个人一起看那神迹似的晴空。她平常是一个聒噪的小女孩，那天竟也像被震慑住了似的流露出虔诚的沉默。透过惊讶和几乎不能置信的喜悦，她遇见了天空。她的眸光自小窗口出发，响亮的天蓝从那一端出发，在那个美丽的五月清晨，它们彼此相遇了。那一刻真是神圣，我握着她的小手，感觉到她不再只是从笔画结构上去认识"天"，她在惊讶赞叹中体认了那份宽阔、那份坦荡、那份深邃——她面对面地遇见了蓝天，她长大了。

我喜欢

我喜欢活着，生命是如此地充满了愉悦。

我喜欢冬天的阳光，在迷茫的晨雾中展开。我喜欢那份宁静淡远，我喜欢那没有喧哗的光和热，而当中午，满操场散坐着晒太阳的人，那种原始而纯朴的意象总深深地感动着我的心。

我喜欢在春风中踏过窄窄的山径，草莓像精致的红灯笼，一路殷勤地张结着。我喜欢抬头看树梢尖尖的小芽儿，极嫩的黄绿色中透着一派天真的粉红——它好像准备着要奉献什么，要展示什么。那柔弱而又生意盎然的风度，常在无言中教导我一些最美丽的真理。

我喜欢看一块平平整整、油油亮亮的秧田。那细小的禾苗密密地排在一起，好像一张多绒的毯子，是集许多翠禽的羽毛织成的，它总是激发我想在上面躺一躺的欲望。

我喜欢夏日的永昼，我喜欢在多风的黄昏独坐在傍山的阳台上。小山谷里的稻浪推涌，美好的稻香翻腾着。慢慢地，绚丽的云霞被浣净了，柔和的晚星遂一一就位。我喜欢观赏这样的布景，我喜欢坐在那舒服的包厢里。

我喜欢看满山芦苇，在秋风里凄然地白着。在山坡上，在水边上，美得那样凄凉。那次，刘告诉我他在梦里得了一句诗："雾树芦花连江白。"意境是美极了，平仄却很拗口。想凑成一首绝句，却又不忍心改它。想联成古风，又苦再也吟不出相当的句子。至今那还只是一句诗，一种美而孤立的意境。

我也喜欢梦，喜欢梦里奇异的享受。我总是梦见自己能飞，能跃过山丘和小河。我总是梦见奇异的色彩和悦人的形象。我梦见棕色的骏马，发亮的鬣毛在风中飞扬。我梦见成群的野雁，在河滩的草丛中歇宿。我梦见荷花海，完全没有边际，远远在炫耀着模糊的香红——这些，都是我平日不曾见过的。最不能忘记那次梦见在一座紫色的山峦前看日出——它原来必定不是紫色的，只是翠岚映着初升的红日，遂在梦中幻出那样奇特的山景。

我当然同样在现实生活里喜欢山，我办公室的长窗便是面山而开的。每次当窗而坐，总沉得满几尽绿，一种说不出的柔弱。较远的地方，教堂尖顶的白色十字架在透明的阳光里巍立着，把蓝天撑得高高的。

我还喜欢花，不管是哪一种。我喜欢清瘦的秋菊、浓郁的玫瑰、孤洁的百合，以及幽闲的素馨。我也喜欢开在深山里不知名的小野花。十字形的、斜形的、星形的、球形的。我十分相信上帝在造万花的时候，赋给它们同样的尊荣。

我喜欢另一种花儿，是绽开在人们笑颊上的。当寒冷的早晨我走在巷子里,对门那位清癯的太太笑着说:"早!"我就忽然觉得世界是这样的亲切,我缩在皮手套里的指头不再感觉发僵,空气里充满了和善。

当我到了车站开始等车的时候,我喜欢看见短发齐耳的中学生,那样精神奕奕的,像小雀儿一样快活的中学生。我喜欢她们美好宽阔而又明净的额头,以及活泼清澈的眼神。每次看着他们老让我想起自己,总觉得似乎我仍是他们中间的一个。仍然单纯地充满了幻想,仍然那样容易受感动。

当我坐下来,在办公室的写字台前,我喜欢有人为我送来当天的信件。我喜欢读朋友们的信,没有信的日子是不可想象的。我喜欢读弟弟妹妹的信,那些幼稚纯朴的句子,总是使我在泪光中重新看见南方那座燃遍凤凰花的小城。最不能忘记那年夏天,德从最高的山上为我寄来一片蕨类植物的叶子。在那样酷暑的气候中,我忽然感到甜蜜而又沁人的清凉。

我特别喜爱读者的信件,虽然我不一定有时间回复。每次捧读这些信件,总让我觉得一种特殊的激动。在这世上,也许有人已透过我看见一些东西。这不就够了吗?我不需要永远存在,我希望我所认定的真理永远存在。

我把信件分放在许多小盒子里,那些关切和情谊都被妥善地保存着。

除了信,我还喜欢看一点书,特别是在夜晚,在一灯荧荧之

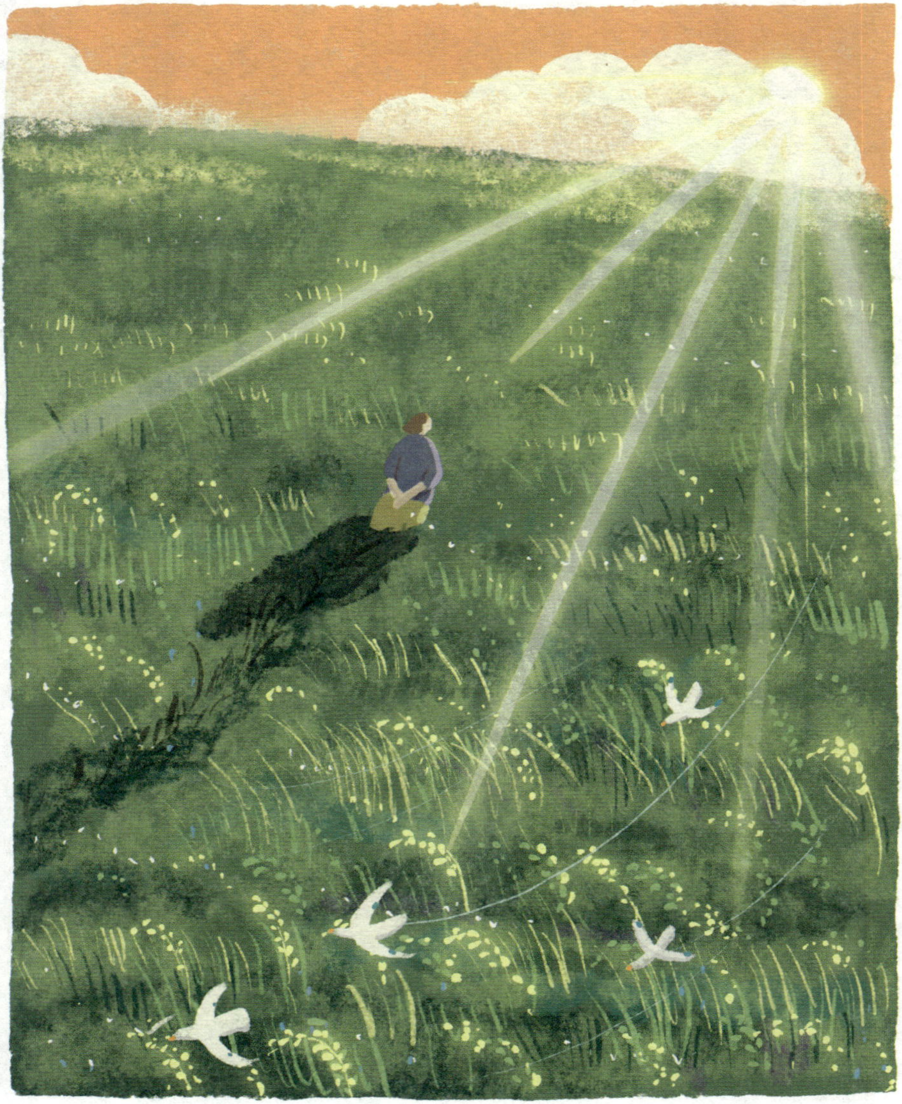

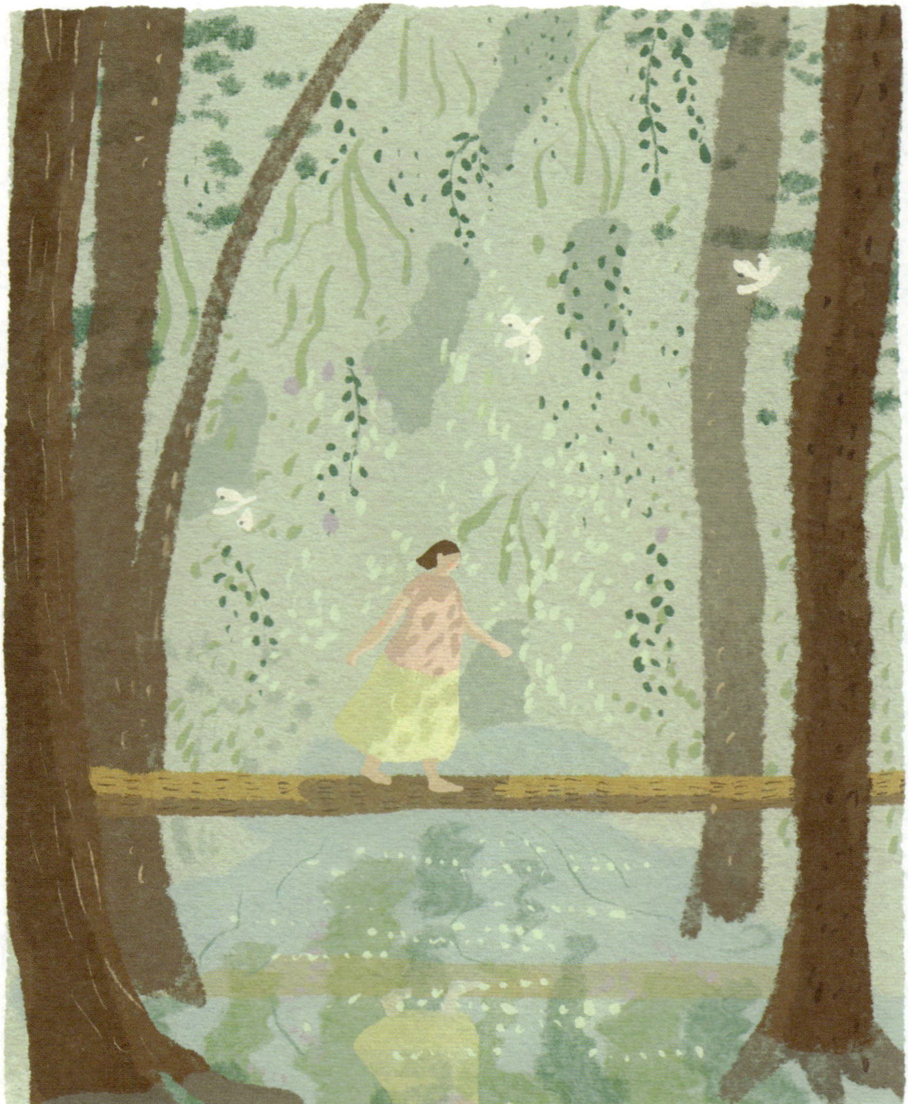

下。我不是一个十分用功的人，我只喜欢看词曲方面的书。有时候也涉及一些古拙的散文，偶然我也勉强自己看一些浅近的英文书，我喜欢他们文字变化的活泼。

夜读之余，我喜欢拉开窗帘看看天空，看看灿如满园春花的繁星。我更喜欢看远处山坳里微微摇晃的灯光。那样模糊，那样幽柔，是不是那里面也有一个夜读的人呢？

在书籍里面我不能自抑地要喜爱那些泛黄的线装书，握着它就觉得握着一脉优美的传统，那涩黯的纸面蕴含着一种古典的美。我很自然地想到，有几个人执过它，有几个人读过它。他们也许都过去了。历史的兴亡、人物的迭代本是这样虚幻，唯有书中的智慧永远长存。

我喜欢坐在汪教授家中的客厅里，在落地灯的柔辉中捧一本线装的昆曲谱子。当他把旧得发亮的褐色笛管举到唇边的时候，我就开始轻轻地按着板眼唱起来，那柔美幽咽的水磨调在室中低回着，寂寞而空荡，像江南一池微凉的春水。我的心遂在那古老的音乐中体味到一种无可奈何的轻愁。

我就是这样喜欢着许多旧东西。那块小毛巾，是小学四年级参加父亲节征文比赛得来的。那一角花岗石，是小学毕业时和小曼敲破了各执一半的。那个布娃娃是我儿时最忠实的伴侣。那本毛笔日记，是七岁时被老师逼着写成的。那两只蜡烛，是我过二十岁生日的时候，同学们为我插在蛋糕上的……我喜欢这些财富，以至每每整个晚上都在痴坐着，沉浸在许多快乐的回忆里。

我喜欢翻旧相片，喜欢看那个大眼睛长辫子的小女孩。我特别喜欢坐在摇篮里的那张，那么甜美无忧的时代！我常常想起母亲对我说："不管你们将来遭遇什么，总是回忆起来，人们还有一段快活的日子。"是的，我骄傲，我有一段快活的日子——不只是一段，我相信那是一生悠长的岁月。

我喜欢把旧作品一一检视，如果我看出已往作品缺点，我就高兴得不能自抑——我在进步！我不是在停顿！这是我最快乐的事了，我喜欢进步！

我喜欢美丽的小装饰品，像耳环、项链、胸针。那样晶晶闪闪的、细细微微的、奇奇巧巧的。它们都躺在一个漂亮的小盆子里，炫耀着不同的美丽，我喜欢不时看看它们，把它们佩在我的身上。

我就是喜欢这样松散而闲适的生活，我不喜欢精密地分配时间，不喜欢紧张地安排节目。我喜欢许多不实用的东西，我喜欢充足的沉思时间。

我喜欢晴朗的礼拜天清晨，当低沉的圣乐冲击着教堂的四壁，我就忽然升入另一个境界，没有纷扰，没有战争，没有嫉恨与恼怒。人类的前途有了新光芒，那种确切的信仰把我带入更高的人生境界。

我喜欢在黄昏时来到小溪旁。四顾没有人，我便伸足入水——那被夕阳照得极艳丽的溪水,细沙从我趾间流过,某种白花的瓣儿随波飘去,一会儿就幻灭了——这才发现那实在不是什么白花瓣儿,只是一些被石块激起来的浪花罢了。坐着,坐着,好像天地间流动着和暖的细流。低头沉吟,满溪红霞照得人眼花,一时简直觉得双足是浸在一钵花汁里呢!

我更喜欢没有水的河滩,长满了高及人肩的蔓草。日落时一眼望去,白石不尽,有着苍莽凄凉的意味。石块垒垒,把人心里慷慨的意绪也堆叠起来了。我喜欢那种情怀,好像在峡谷里听人喊秦腔,苍凉的余韵回转不绝。

我喜欢别人不注意的东西,像草坪上那株没人理会的扁柏,那株瑟缩在高大龙柏之下的扁柏。每次我走过它的时候总要停下来,嗅一嗅那股儿清香,看一看它谦逊的神气。有时候我又怀疑它是不是谦逊,因为也许它根本不觉得龙柏的存在。又或许他虽知道有龙柏存在,也不认为伟大与平凡有什么两样——事实上伟大与平凡的确也没有什么两样。

我喜欢朋友,喜欢在出其不意的时候去拜访他们。尤其喜欢在雨天去叩湿湿的大门,在落雨的窗前话旧真是多么美。记得那次到台湾中部去拜访芷的山居,我永不能忘记她看见我时的惊呼。当她连跑带跳地来迎接我,山上阳光就似乎忽然炽燃起来了。我们走在向日葵的荫下,慢慢地倾谈着。那迷人的下午像一阕轻快的曲子,一会儿就奏完了。

我极喜欢，而又带着几分崇敬去喜欢的，便是海了。那辽阔，那淡远，都令我心折。而那雄壮的气象，那平稳的风范，以及那不可测的深沉，一直向人类作着无言的挑战。

我喜欢家，我从来还不知道自己会这样喜欢家。每当我从外面回来，一眼看到那窄窄的红门，我就觉得快乐而自豪，我有一个家多么奇妙！

我也喜欢坐在窗前等他回家来。虽然过往的行人那样多，我总能分辨他的足音。那是很容易的，如果有一个脚步声，一入巷子就开始跑，而且听起来是沉重急速的大阔步，那就准是他回来了！我喜欢他把钥匙放进门锁中的声音，我喜欢听他一进门就喘着气喊我的英文名字。

我喜欢晚饭后坐在客厅里的时分。灯光如纱，轻轻地撒开。我喜欢听一些协奏曲，一面捧着细瓷的小茶壶暖手。当此之时，我就恍惚能够想象一些田园生活的悠闲。

我也喜欢户外的生活，我喜欢和他并排骑着自行车。当礼拜天早晨我们一起赴教堂的时候，两辆车子便并驰在黎明的道上，朝阳的金波向两旁溅开，我遂觉得那不是一辆脚踏车，而是一艘乘风破浪的飞艇，在无声的欢唱中滑行。我好像忽然又回到刚学会骑车的那个年龄，那样兴奋，那样快活，那样唯我独尊——我喜欢这样的时光。

我喜欢多雨的日子。我喜欢对着一盏昏灯听檐雨的奏鸣。细雨如丝,如一天轻柔的叮咛。这时候我喜欢和他共撑一柄旧伞去散步。伞际垂下晶莹成串的水珠———一幅美丽的珍珠帘子。于是伞下开始有我们宁静隔绝的世界,伞下缭绕着我们成串的往事。

我喜欢在读完一章书后仰起脸来和他说话,我喜欢假想许多事情。

"如果我先死了,"我平静地说着,心底却泛起无端的哀愁,"你要怎么样呢?"

"别说傻话,你这憨孩子。"

"我喜欢知道,你一定要告诉我,如果我先死了,你要怎么办?"

他望着我,神色愀然。

"我要离开这里,到很远的地方去,去做什么,我也不知道,总之,是很遥远的很蛮荒的地方。"

"你要离开这屋子吗?"我急切地问,环视着被布置得像一片紫色梦谷的小屋。我的心在想象中感到一种剧烈的痛楚。

"不,我要拼着命去赚很多钱,买下这栋房子。"他慢慢地说,声音忽然变得凄怆而低沉。

"让每一样东西像原来那样被保持着。哦,不,我们还是别说这些傻话吧!"

我忍不住清泪泫然了,我不明白,为什么我喜欢问这样的问题。

"哦，不要痴了，"他安慰着我，"我们会一起死去的。想想，多美，我们要相偕着去参加天国的盛会呢！"

我喜欢相信他的话，我喜欢想象和他一同跨入永恒。

我也喜欢独自想象老去的日子，那时候必是很美的。就好像夕晖满天的景象一样。那时再没有什么可争夺的，可流连的。一切都淡了，都远了，都漠然无介于心了。那时候智慧深邃明彻，爱情渐渐醇化，生命也开始慢慢蜕变，好进入另一个安静美丽的世界。啊，那时候，那时候，当我抬头看到精金的大道，碧玉的城门，以及千万只迎我的号角，我必定是很激励而又很满足的。

我喜欢，我喜欢，这一切我都深深地喜欢！我喜欢能在我心里充满着这样多的喜欢！

当下

"当下"这个词,不知可不可以被视为人间最美丽的字眼?

她年轻、美丽、被爱,然而,她死了。

她不甘心,这一点,天使也看得出来。于是,天使特别恩准她遁回人世,她并且可以在一生近万个日子里任挑一天,去回味一下。

她挑了十二岁生日的那一天。

十二岁,艰难的步履还没有开始,复杂的人生算式才初透玄机,应该是个值得重温的黄金时段。

然而,她失望了。十二岁生日的那天清晨,母亲仍然忙得像一只团团转的母鸡,没有人有闲暇可以多看她半眼,穿越时光回奔而来的女孩,惊愕万分地看着家人,不禁哀叹:

这些人活得如此匆忙,如此漫不经心,仿佛他们能活一百万年似的。他们糟蹋了每一个"当下"。

以上是美国剧作家怀尔德的作品《我们的小镇》里的一段。

是啊,如果我们可以活一千年,我们大可以像一株山巅的红桧,扫云拭雾,卧月眠霜。

如果我们可以活一万年,那么我们亦得效悠悠磐石,冷眼看哈雷彗星以七十六年为一周期，旋生旋灭。并且翻览秦时明月、汉代边关，如翻阅手边的零散手札。

如果可以活十万年呢？那么就做冷冷的玄武岩岩岬吧，纵容潮汐的乍起乍落，浪花的忽开忽谢，岩岬只一径兀然枯立。

果真可以活一百万年，你尽管学大漠沙砾，任日升月沉，你只管寂然静阒。

然而，我们只拥有百年光阴。其短促倏忽，只如一声喟然叹息。

即使百年，元代曲家也曾给它做过一番质量分析，那首曲子翻成白话便如下文：

号称人生百岁，其实能活到七十也就算古稀了，其余三十年是个虚数啦。

更何况这期间有十岁是童年，糊里糊涂，不能算数。后十载呢？又不免老年痴呆，严格来说，中间五十年才是真正的实数。

而这五十年，又被黑夜占掉了一半。

剩下的二十五年，有时刮风，有时下雨，种种不如意。

至于好时光，则飞逝如奔兔，如迅鸟，转眼成空。

仔细想想，都不如抓住此刻，快快活活过日子划得来。元曲的话说得真是白，真是直，真是痛快淋漓。

万古乾坤，百年身世。且不问美人如何一笑倾国，也不问将军如何引箭穿石。帝王将相虽然各自有他们精彩的脚步，犀利的台词，我们却只能站在此时此刻的舞台上，在灯光所打出的表演区内，移动我们自己的台步，演好我们的角色，扣紧剧情，一分不差。人生是现场演出的舞台剧，容不得暂停再来一次，你必须演好当下。

    生有时，死有时
    栽种有时，拔毁有时
    ……
    哭有时，笑有时
    哀恸有时，欢跃有时
    抛有时，聚有时
    寻获有时，散落有时
    得有时，舍有时
    ……
    爱有时，恨有时
    战有时，和有时

  这首诗歌的结论，其实也只是在说明，人在周围种种事件中行过，在每一记"当下"中完成其生平历练。

  "当下"，应该有理由被视为人间最美丽的字眼吧？

正在发生

去菲律宾玩,游到某处,大家在草坪上坐下,有侍者来问,要不要喝椰汁,我说要。只见侍者忽然化身成猴爬上树去,他身手矫健,不到两分钟,他已把现摘的椰子放在我面前,洞已凿好,吸管也已插好,我目瞪口呆。

其实,我当然知道所有的椰子都是摘下来的,但当着我的面摘下的感觉就是不一样。以文体做比喻,前者像读一篇"神话传说",后者却是当着观众一幕幕敷演的舞台剧,前因后果,历历分明。

又有一次,在旧金山,喻丽清带我去码头玩,中午进一家餐厅,点了鱼——然后我就看到白衣侍者跑到庭院里去,在一棵矮树上摘柠檬。过不久,鱼端来,上面果真有四分之一块柠檬。

"这柠檬,就是你刚才在院子里摘的吗?"我问。

"是呀!"

我不胜羡慕,原来他们的调味品就长在院子里的树上。

还有一次,宿在恒春农家。清晨起来,槟榔花香得令人心神恍惚。主人为我们做了"菜脯蛋"配稀饭,极美味,三口就吃完了。主人说再炒一盘，我这才发现他是跑到鹅舍草堆里去摸蛋的，不幸被母鹅发现，母鹅气红了脸，叽嘎大叫，主人落荒而逃。第二盘蛋便在这有声有色的场景配乐中上了菜，我这才了解那蛋何以那么鲜香腴厚。而母鹅詈骂不绝，掀天翻地，我终于恍然大悟，原来每一枚蛋的来历都如希腊神话中普罗米修斯盗天火，又如《白蛇传》故事中的"盗仙草"，都是一种非分。我因妄得这非分之惠而感念谢恩——这些，都是十年前的事了。今晨，微雨的窗前，坐忆旧事，心中仍充满愧疚和深谢，对那只鹅。一只蛋，对它而言原是传宗接代存亡续绝的大事业啊！

丈夫很少去菜场，大约一年一两次，有一次要他去补充点小东西，他却该买的不买，反买了一大包鱼丸回来，诘问他，他说：

"他们正在做哪！刚做好的鱼丸哪！我亲眼看见他在做的呀——所以就买了。"

用同样的理由，他在澳洲买了昂贵的羊毛衣，他的说词是：

"他们当我面纺羊毛，打羊毛衣，当然就忍不住买了！"

因为看见，因为整个事件发生在我面前，因为是第一手经验，我们便感动。

但愿我们的城市也充满"正在发生"的律动，例如一棵你看着它长大的市树，一片逐渐成了气候的街头剧场，一股慢慢成形的政治清流，无论什么事，亲自参与了它的发生过程总是动人的。

敬畏生命

那是一个夏天的长得不能再长的下午，在印第安纳州的一个湖边。我起先是不经意地坐着看书，忽然发现湖边有几棵树正在飘散一些白色的纤维。大团大团的，像棉花似的，有些飘在草地上，有些飘入湖水里。我当时没有十分注意，只当是偶然风起所带来的。

可是，渐渐地，我发现情况简直令人吃惊。好几个小时过去了，那些树仍旧浑然不觉地在飘送那些小型的"云朵"，倒好像是一座无限的云库似的。整个下午，整个晚上，漫天都是那种东西。第二天的情形完全一样，我感到诧异和震撼。

其实小学的时候就知道有一类种子是靠风力吹动纤维传播的。但也只是知道一道测验题的答案而已。那几天真的看到了，满心所感到的是一种折服，一种无以名之的敬畏。我几乎是第一次遇见生命——虽然是植物的。

我感到那云状的种子在我心底强烈地碰撞上什么东西。我不能不被生命豪华的、奢侈的、不计成本的投资所感动。也许，在不分昼夜地飘散之余，只有一颗种子足以成荫，但造物主乐于做这样惊心动魄的壮举。

我至今仍然在沉思之际想起那一片柔媚的湖水，不知湖畔那群种子中有哪一颗成了小树。至少，我知道，有一颗已经成长。那颗种子曾遇见了一片土地，在一个过客的心之峡谷里蔚然成荫，教会她怎样敬畏生命。

年年岁岁岁岁年年

一

渐渐地，就有了一种执意地想要守住什么的神气，半是凶霸，半是温柔，却不肯退让，不肯商量，要把生活里细细琐琐的东西一一护好。

二

一向以为自己爱的是空间，是山河，是巷陌，是天涯，是灯光晕染出来的一方暖意，是小小陶钵里的"有容"。

然后才发现自己也爱时间，爱与世间人"天涯共此时"。在汉唐相逢的人已成就其汉唐，在晚明相逢的人也谱罢其晚明。而今日，我只能与当世之人在时间的长川里停舟暂相问，只能在时间的流水席上与当代人传杯共盏。否则，两舟一错桨处，觥筹一交递时，年华岁月已成空无。

天地悠悠，我却只有一生，只握一个筹码，手起处，转骰已报出点数，属于我的博戏已告结束。盘古一辨清浊，便是三万六千载，李白《蜀道难》难忘的年光，忽忽竟有四万八千岁，而天文学家动辄抬出亿万年，我小小的想象力无法追想那样地老天荒的亘古，我所能揣摩所能爱悦的无非是属于常人的百年快乐。

三

神仙故事里的樵夫偶一驻足观棋，已经柯烂斧锈，沧桑几度。

如果有一天，我因好奇而在山林深处看棋，仁慈的神仙，请尽快告诉我真相。我不要偷来的仙家日月，我不要在一袖手之际误却人间的生老病死，错过半生的悲喜怨怒。人间的紧锣密鼓中，我虽然只有小小的戏份，但我是不肯错过的啊！

四

书上说，有一颗星，叫岁星，十二年循环一次。"岁星"使人有强烈的时间观念，所以一年叫"一岁"。这种说法，据说发生在远古的夏朝。

"年"是周朝人用的，甲骨文上的年字写成 🔆，代表人扛着禾捆，看来简直是一幅温暖的"冬藏图"。

有些字，看久了会令人渴望到心口发疼发紧的程度。当年，想必有一快乐的农人在北风里背着满肩禾捆回家，那景象深深感动了造字人，竟不知不觉用这幅画来做三百六十五天的重点勾勒。

五

有一次，和一位老太太用闽南语搭讪："阿婆，你在这里住多久了？"

"嗯——有十几冬啰！"

听到有人用冬来代年，不觉一惊，立刻仿佛有什么东西又隐隐痛了起来。原来一句话里竟有那么丰富饱满的东西。记得她说"冬"的时候，表情里有沧桑也有感恩，而且那样自然地把春耕夏耘秋收冬藏的农业情感都灌注在里面了。她和土地、时序之间那种血脉相连的真切，使我不知哪里有一个伤口轻痛起来。

六

朋友要带他新婚的妻子从香港到台湾来过年，长途电话里我大概有点惊奇，他立刻解释说："因为她想去台北放鞭炮，在香港不准。"

放下电话，我又想笑又端肃，第一次觉得放炮是件了不起的大事，于是把儿子叫来说："去买一串不长不短的炮——有位阿姨要从香港到台湾来放炮。"

岁除之夜，满城爆裂小小的、微红的、有声的春花，其中一串自我们手中绽放。

七

我买了一座小小的山屋，只三十三平方米大。屋与大屯山相望，我喜欢大屯山，"大屯"是卦名，那山也真的跟卦象一样神秘幽邃，爻爻都在演化，它应该足以胜任"市山"的。走在处处地热的大屯山系里，每一步都仿佛踩在北方人烧好的土炕上，温暖而又安详。

下决心付小屋的订金，说来是因屋外田埂上的牛以及牛背上的黄头鹭。这理由，自己听来也觉像撒谎，直到有一天听楚戈说某书法家买房子是因为看到烟岚，才觉得气壮一点。

我已经辛苦了一年，我要到山里去过几个冬夜，那里有豪奢的安静和孤绝。我要生一盆火，烤几枚干果，燃一屋松脂的清香。

八

你问我今年过年要做什么，你问得太奢侈啊！这世间原没有什么东西是我绝对可以拥有的，不过随缘罢了。如果蒙天之惠，我只要许一个小小的愿望，我要在有生之年，年年去买一钵素水仙，养在小小的白石之间。

中国水仙和自盼自顾的希腊孤芳不同，它是温驯的，偎人的，开在中国人一片红灿的年景里。

九

除了水仙，我还有一件俗之又俗的心愿，我喜欢遵遁着老家的旧俗，在年初一的早晨吃一顿素饺子。

素饺子的馅以荠菜为主，我爱荠菜的"野蔬"身份，爱小时候提篮去挑野菜的情趣，爱以素食为一年第一顿餐点的小小善心，爱民谚里的"三月三，荠菜花，赛牡丹"的憨狂口气。

荠菜花花瓣小如米粒，粉白，不仔细看根本不容易发现，到了老百姓嘴里居然一口咬定荠菜花赛过牡丹。中国民间向来总有用不完的充沛自信，李凤姐必然艳过后宫佳丽，一碟名叫"红嘴绿鹦哥"的炒菠菜会是皇帝思之不舍的美味。郊原上的荠菜花绝胜宫中肥硕痴笨的各种牡丹。

吃荠菜饺子，淡淡的香气之余，总有颊齿以外嚼之不尽的清馨。

十

  如果一个人爱上时间,他是在恋爱了。恋人会永不厌烦地渴望共花之晨,共月之夕,共其年年岁岁,岁岁年年。

  如果你爱上的是一个民族,一块土地,也趁着岁月未晚,来与之共其朝朝暮暮吧!

  所谓百年,不过是一千两百番的盈月、三万六千五百回的破晓以及八次的岁星周期罢了。

  所谓百年,竟是禁不起蹉跎和迟疑的啊,且来共此山河守此岁月吧!大年夜的孩子,只守一夕华丽的光阴,而我们所守的却是短如一生又复长如一生的年年岁岁岁岁年年啊!

有个叫"时间"的家伙走过

"这是什么菜?"晚餐桌上丈夫点头赞许,"这青菜好,我喜欢吃,以后多买这种菜。"

我听了,啼笑皆非,立即顶回去:

"见鬼哩,这是什么菜?这是青江菜,两个礼拜以前你还说这菜难吃,叫我以后再别买了。"

"怎么可能?"

"怎么不可能?上次买的老,这次买的嫩,其实都是它,你说爱吃的也是它,你说不爱吃的还是它。"

同样的东西,在不同时段上,差别之大,几乎会让你忘了它们原本是一个啊!

此刻委地的尘泥,曾是昨日枝头喧闹的春意,两者之间,谁才是那花呢?

今朝为蝼蚁食剩的枯骨,曾是昔时舞妒杨柳的软腰,两相参照谁方是那绝世的美人呢?

一把青江菜好吃不好吃，这里头竟然牵动起生命的大怆痛了。

你所爱的，和你所恶的，其实只是同一个对象：只不过，有一个名叫"时间"的家伙曾经走过而已。

㊂ —— 念你们的名字

地毯的那一端

德:

　　从疾风中走回来,觉得自己像是被浮起来了。山上的草香得那样浓,让我想到,要不是有这样猛烈的风,恐怕空气都会给香得凝冻起来!

　　我昂首而行,黑暗中没有人能看见我的笑容。白色的菅芒在夜色中点染着凉意——这是深秋了,我们的日子在不知不觉中临近了。我遂觉得,我的心像一张新帆,其中每一个角落都被大风吹得那样饱满。

　　星斗清而亮,每一颗都低低地俯下头来。溪水流着,把灯影和星光都流乱了。我忽然感到一种幸福,那样混沌而又陶然的幸福。我从来没有这样亲切地感受到造物的宠爱——真的,我们这样平庸,我总觉得幸福应该给予比我们更好的人。

　　但这是真实的,第一张贺卡已经放在我的案上了。洒满了细碎精致的透明亮片,灯光下展示着一个闪烁而又真实的梦境。画上的金钟摇荡,遥遥地传来美丽的回响。我仿佛能听见那悠扬的音韵,我仿佛能嗅到那沁人的玫瑰花香!而尤其让我神往的,是那几行可爱的祝词："愿婚礼的记忆存至永远，愿你们的情爱与日俱增。"

是的，德，永远在增进，永远在更新，永远没有一个边和底——六年了，我们护守着这份情谊，使它依然焕发，依然鲜洁，正如别人所说的，我们是幸运的。每次回顾我们的交往，我就仿佛走进博物馆的长廊。其间每一处景物都意味着一段美丽的回忆。每一件东西都牵扯着一个动人的故事。

那样久远的事了。刚认识你的那年才十七岁，一个多么容易错误的年纪！但是，我知道，我没有错。我生命中再没有一件决定比这项更正确了。前天，大伙儿一起吃饭，你笑着说："我这个笨人，我这辈子只做了一件聪明的事。"你没有再说下去，妹妹却拍手起来，说："我知道了！"啊，德，我能够快乐地说，我也知道。因为你做的那件聪明事，我也做了。

那时候，大学生活刚刚展开在我面前。台北的寒风让我每日思念南部的家。在那小小的阁楼里，我呵着手写蜡纸。在草木摇落的道路上，我独自骑车去上学。生活是那样黯淡，心情是那样沉重。在我的日记上有这样一句话："我担心，我会冻死在这小楼上。"而这时候，你来了。你那种毫无企冀的友谊四面环护着我，让我的心触及最温柔的阳光。

我没有兄长，从小我也没有和男孩子同学过。但和你交往却是那样自然，和你谈话又是那样舒服。有时候，我想，如果我是男孩子多么好呢！我们可以一起去爬山，去泛舟。让小船在湖里随意飘荡，任意停泊，没有人会感到惊奇。好几年以后，我将这些想法告诉你，你微笑地注视着我："那，我可不愿意，如果你真想做男孩子，我就做女孩。"而今，德，我没有变成男孩子，但我们可以去遨游，去做山和湖的梦。因为，我们将有更亲密的关系了。啊，想象中终生相爱相随是多么美好！

那时候，我们穿着学校规定的卡其服。我新烫的头发又总是被风刮得乱蓬蓬的。想起来，我总不明白你为什么那样喜欢接近我。那年大考的时候，我蜷曲在沙发里念书。你跑来，热心地为我讲解英文文法。好心的房东为我们送来一盘春卷，我慌乱极了，竟吃得洒了一裙子。你瞅着我说："你真像我妹妹，她和你一样大。"我窘得不知如何是好，只是一径低着头，假作抖那长长的裙幅。

那些日子真是冷极了。每逢没有课的下午我总是留在小楼上。弹弹风琴，把一本拜尔琴谱都快翻烂了。有一天你对我说："我常在楼下听你弹琴。你好像常弹那首《甜蜜的家庭》。怎么？在想家吗？"我很感激你的窃听，唯有你了解、关切我凄楚的心情。德，那个时候，当你独自听着的时候，你想些什么呢？你想到有一天我们会组织一个家庭吗？你想到我们要用一生的时间以心灵的手指合奏这首歌吗？

寒假过后，你把那叠泰戈尔诗集还给我。你指着其中一行请我看:"如果你不能爱我,就请原谅我的痛苦吧!"我于是知道发生什么事了。我不希望这件事发生,我真的不希望。并非由于我厌恶你,而是因为我太珍重这份素净的友谊,反倒不希望有爱情去加深它的色彩。

但我却乐于和你继续交往。你总是给我一种安全稳妥的感觉。从头起,我就付给你我全部的信任,只是,当时我心中总向往着那种传奇式的、惊心动魄的恋爱。并且喜欢那么一点点的悲剧气氛。为着这些可笑的理由,我耽延着没有接受你的奉献。我奇怪你为什么仍作那样固执的等待。

你那些小小的关怀常令我感动。那年圣诞节你把得来不易的几颗巧克力糖,全部拿来给我了。我爱吃笋豆里的笋子,唯有你注意到,并且耐心地为我挑出来。我常常不晓得照料自己,唯有你想到用自己的外衣披在我身上。(我至今不能忘记那衣服的温暖,它在我心中象征了许多意义)是你,敦促我读书。是你,容忍我偶发的气性。是你,仔细纠正我写作的错误。是你,教导我为人的道理。如果说,我像你的妹妹,那是因为你太像我大哥的缘故。

后来,我们一起得到学校的工读金。分配给我们的是打扫教室的工作。每次你总强迫我放下扫帚,我便只好遥遥地站在教室的末端,看你奋力工作。在炎热的夏季里,你的汗水滴落在地上。我无言地站着,等你扫好了,我就去掸掸桌椅,并且帮你把它们排齐。每次，当我们目光偶然相遇的时候，总感到那样兴奋，我们是这样地彼此了解，我们合作的时候总是那样完美。我注意到你手上的硬茧，它们把那虚幻的字眼十分具体地说明了。我们就在那飞扬的尘影中完成了大学课程——我们的经济从来没有富裕过，我们的日子却从来没有贫乏过。我们活在梦里，活在诗里，活在无穷无尽的彩色希望里。记得有一次我提到玛格丽特公主在她婚礼中说的一句话："世界上从来没有两个人像我们这样快乐过。"你毫不在意地说："那是因为他们不认识我们的缘故。"我喜欢你的自豪，因为我也如此自豪着。

我们终于毕业了，你在掌声中走到台上，代表全系领取毕业证书。我的掌声也夹在众人之中，但我知道你听到了。在那美好的六月清晨，我的眼中噙着欣喜的泪。我感到那样骄傲，我第一次分沾你的成功，你的光荣。

"我在台上偷眼看你，"你把系着彩带的纸卷交给我，"要不是中国风俗如此，我一走下台来就要把它送到你面前去的。"

我接过它，心里垂着沉甸甸的喜悦。你站在我面前，高昂而谦和，刚毅而温柔。我忽然发现，我关心你的成功，远远超过我自己的。

那一年，你在军中。在那样忙碌的生活中，在那样辛苦的演习里，你却那样努力地准备研究所的考试。我知道，你是为谁而作的。在凄长的分别岁月里，我开始了解，存在于我们中间的是怎样一种感情。你来看我,把南部的冬阳全带来了。那厚呢的陆战队军服重新唤起我童年时期对于号角和战马的梦。我一直没有告诉你,当时你临别敬礼的镜头烙在我心上有多深。

我帮着你搜集资料,把抄来的范文一篇篇断句、注释。我那样竭力地做,怀着无上的骄傲。这件事对我而言有太大的意义。这是第一次,我和你共赴一件事。所以当你把录取通知转寄给我的时候,我竟忍不住哭了。德,没有人经历过我们的奋斗,没有人像我们这样相期相勉,没有人像我们这样多年来在冬夜图书馆的寒灯下彼此伴读。因此,也就没有人了解成功带给我们的兴奋。

我们又可以见面了,能见到真真实实的你是多么幸福。我们又可以去作长长的散步,又可以蹲在旧书摊上享受一个闲散黄昏。我永不能忘记那次去泛舟。回程的时候,忽然起了大风。小船在湖里直打转,你奋力摇橹,累得一身都汗湿了。

"我们的道路也许就是这样吧!"我望着平静而险恶的湖面说,"也许我使你的负担更重了。"

"我不在意,我高兴去搏斗!"你说得那样急切,使我不敢正视你的目光,"只要你肯在我的船上,晓风,你是我最甜蜜的负荷。"

那天我们的船顺利地拢了岸。德,我忘了告诉你,我愿意留在你的船上,我乐于把舵手的位置给你。没有人能给我像你给我的安全感。

只是，人海茫茫，哪里是我们共济的小舟呢？这两年来，为着成家的计划，我们劳累到几乎虐待自己的地步。每次，你快乐的笑容总鼓励着我。

那天晚上你送我回宿舍，当我们迈上那斜斜的山坡，你忽然驻足说："我在地毯的那一端等你！我等着你，晓风，直到你对我完全满意。"

我抬起头来，长长的道路伸延着，如同圣坛前柔软的红毯。我迟疑了一下，便踏向前去。

现在回想起来，已不记得当时是否是个月夜了，只觉得你诚挚的言词闪烁着，在我心中亮起一天星月的清辉。

"就快了！"那以后你常乐观地对我说，"我们马上就可以有一个小小的家。你是那屋子的主人，你喜欢吧？"

我喜欢的，德，我喜欢一间小小的陋屋。到天黑时分我便去拉上长长的落地窗帘，捻亮柔和的灯光，一同享受简单的晚餐。但是，哪里是我们的家呢？哪里是我们自己的宅院呢？

你借来一辆半旧的脚踏车，四处去打听出租的房子，每次你疲惫不堪地回来，我就感到一种痛楚。

"没有合意的，"你失望地说，"而且太贵，明天我再去看。"

我没有想到有那么多困难，我从不知道成家有那么多琐碎的事，但至终我们总算找到一栋小小的屋子了。有着窄窄的前庭，以及矮矮的榕树。朋友笑它小得像个巢，但我已经十分满意了。无论如何，我们有了可以憩息的地方。当你把钥匙交给我的时候，那重量使我的手臂几乎为之下沉。它让我想起一首可爱的英文诗："我是一个持家者吗？哦，是的。但不止，我还得持护着一颗心。"我知道，你交给我的钥匙也不止此数。你心灵中的每一个空间我都持有一枚钥匙，我都有权径行出入。

亚寄来一卷录音带，隔着半个地球，他的祝福依然厚厚地绕着我。那样多好心的朋友来帮我们整理。擦窗子的，补纸门的，扫地的，挂画儿的，插花瓶的，拥拥熙熙地挤满了一屋子。我老觉得我们的小屋快要炸了，快要被澎湃的爱情和友谊撑破了。你觉得吗？他们全都兴奋着，我怎能不兴奋呢？我们将有一个出色的婚礼，一定的。

这些日子我总是累着。去试礼服，去订鲜花，去买首饰，去选窗帘的颜色。我的心像一座喷泉，在阳光下涌溢着七彩的水珠。各种奇特复杂的情绪使我眩昏。有时候我也分不清自己是在快乐还是在茫然，是在忧愁还是在兴奋。我眷恋着旧日的生活，它们是那样可爱。我将不再住在宿舍里，享受阳台上的落日。我将不再偎在母亲的身旁，听她长夜话家常。而前面的日子又是怎样的呢？德，我忽然觉得自己好像要被送到另一个境域里去了。那里的道路是我未走过的，那里的生活是我过不惯的，我怎能不惴惴然呢？如果说有什么可以安慰我的，那就是：我知道你必定和我一同前去。

　　冬天就来了，我们的婚礼在即。我喜欢选择这季节，好和你厮守一个长长的严冬。我们屋角里不是放着一个小火炉吗？当寒流来时，我愿其中常闪耀着炭火的红光。我喜欢我们的日子从黯淡凛冽的季节开始，这样，明年的春花才对我们具有更美的意义。

　　我即将走入礼堂，德，当《婚礼进行曲》奏响的时候，父亲将挽着我，送我走到坛前，我的步履将凌过如梦如幻的花香。那时，你将以怎样的微笑迎接我呢？

　　我们已有过长长的等待，现在只剩下最后的一段了。等待是美的，正如奋斗是美的一样，而今，铺满花瓣的红毯伸向两端，美丽的希冀盘旋而飞舞。我将去即你，和你同去采撷无穷的幸福。当金钟轻摇，蜡炬燃起，我乐于走过众人去立下永恒的誓愿。因为，哦，德，因为我知道，是谁，在地毯的那一端等我。

步下红毯之后

妹妹被放下来,扶好,站在院子里的泥地上,她的小脚肥肥白白的,站不稳。她大概才一岁吧,我已经四岁了!

妈妈把菜刀拿出来,对准妹妹两脚中间那块泥,认真而且用力地砍下去。

"做什么?"我大声问。

"小孩子不懂事!"妈妈很神秘地收好刀,"外婆说的,这样小孩子才学得会走路,你小时候我也给你砍过。"

"为什么要砍?"

"小孩子生出来,脚上都有脚镣锁着,所以不会走路,砍断了才走得成路。"

"我没有看见,"我不服气地说,"脚镣在哪里?"

"脚镣是有的,外婆说的,你看不见就是了!"

"现在断了没?"

"断了,现在砍断了,妹妹就要会走路了。"

妹妹后来当然是会走路了,而且,我渐渐长大,终于也知道妹妹会走路跟砍脚镣没有什么关系,但不知为什么,那遥远的画面竟那样清楚兀立，使我感动。

也许脚镣手铐是真有的，做人总得冲，总得顿破什么，反正不是我们壮硕自己去撑破镣铐，就是让那残忍的钢圈箍入我们的皮肉。

是暮春还是初夏也记不清了，我到文星出版社的楼上去，萧先生把一份契约书给我。

"很好，"他说，他看来高大、精细、能干，"读你的东西，让我想到小时候念的冰心和泰戈尔。"

我惊讶得快要跳起来，冰心和泰戈尔，这是我熟得要命、爱得要命的呀！他怎么会知道？我简直觉得是一份知遇之恩，《地毯的那一端》就这样卖断了，扣掉税我只拿到两千多元，但也不觉得吃了亏。

我兴冲冲地去找朋友调色样，我要了紫色，那时候我新婚，家里的布置全是紫色，窗帘是紫的，床罩是紫的，窗棂上的珊瑚藤是紫的，那紫色漫溢到书页上，一段似梦的岁月。那是个漂亮的阳光昼日，我送色样到出版社去，路上碰到三毛，她也是去送色样的，她是为男友舒凡的书调色，调的是草绿色，或说是酪梨绿，我也喜欢那颜色。那天下午的三毛真是美丽，因为心中有爱情，手中有颜色。我趋前谢谢她，因为不久前她为我画了一幅婚礼上的签名绸，画些绝美的牡丹。出书真是件兴奋的事，我们愉快地将生命中的一抹色彩交给了那即将问世的小册子。

"我们那时候一齐出书，"有一次康芸薇说，"文星宣传得好大呀，放大照都挂出来了。"

那事我倒忘了，经她一提，想想好像真有那么回事，并且是摄影家柯锡杰照的。奇怪的是我虽不怎么记得照片的事，却记得自己常常下了班，巴巴地跑到出版社楼上，请他们给我看新书发售的情形。

"谁的书比较好卖？"其实书已卖断，销路如何跟我已经没有关系。

"你的跟叶珊的。"店员翻册子给我看，叶珊就是后来的杨牧。

我拿过册子仔细看，想知道到底是叶珊卖得多，还是我——我说不出那是痴还是幼稚，那时候成天都为莫名其妙的事发急发愁，年轻大概就是那样。

那年十月，"幼狮文艺"的朱桥寄了一张庆典观礼券给我，我去了。丈夫也有一张票，我们的座位不同区，相约散会的时候在体育场门口见面。

我穿了一身洋红套装，那天的阳光辉丽，天空一片艳蓝，我的位置很好，"国军运动会"的表演很精彩，而丈夫，在场中的某个位子上，我们会后会相约而归，一切正完美晶莹，饱满无憾……

但是，忽然，我的泪水夺眶而出，我想起了南京……

不是地理上的南京，是诗里的，词里的，魂梦里的，母亲的乡音里的南京（母亲不是南京人，但在南京读中学），依稀记得那些名字，玄武湖、明孝陵、鸡鸣寺、夫子庙、秦淮河……

不，不要想那些名字，那不公平，中年人都不乡愁了，你才这么年轻，乡愁不该交给你来愁，你看表演吧，你是被邀请来看表演的，看吧！很好的位子呢！不要流泪，你没看见大家都好好的吗！你为什么流泪呢？你真的还太年轻，你身上穿的仍是做新娘子的嫁服，你是幸福的，你有你小小的家，每天黄昏，拉下紫幔等那人回来，生活里有小小的气恼，小小的得意，小小的凄伤和甜蜜，日子这样不就很好了吗？

不要碰"故国之思"，它太强，不要让三江五岳来撞击你，不要念赤县神州的名字，你受不了的，真的，日子过得很好，把泪逼回去，你不能开始，你不能开始，你不能开始，你一开始就不能收回……

我坐着，无效地告诫着自己，从金门来的火种在会场里点着了，赤膊的汉子在表演蛙人操，仪队的枪托冷凝如紫电，特别看台上面的大红柱子，直辣辣地逼到眼前来，我无法遏抑地想着中山陵，那仰向苍天的阶石，中国人的哭墙，我们何时才能将发烫的额头抵上那神圣的冰凉，我们将一步一稽首地登上雾锁云埋的最高巅……

会散了我挨蹭到门口，他在那里等我。我们一起回家。

"你怎么了?"走了好一段路,他忍不住问我。

"不,不要问我。"

"你不舒服吗?"

"没有。"

"那,"他着急起来,"是我惹了你?"

"没有,没有,都不是——你不要问我,求求你不要问我,一句话都不要跟我讲,至少今天别跟我讲……"

他诧异地望着我,惊奇中却有谅解,近午的阳光照在宽阔坦荡的敦化北路上。我们一言不发地回到那紫色小巢。

他真的没有再干扰我,我恍恍惚惚地开始整理自己,我渐渐明白有一些什么根深蒂固的东西一直潜藏在我自己也不甚知道的深渊之处,是淑女式的教育所不能掩盖的,是传统中文系的文字训诂和诗词歌赋所不能磨平的,那极蛮横极狂野极热极不可挡的什么,那种"欲饱史笔有脂髓,血作金汤骨做垒,凭将一腔热肝肠,烈作三江沸腾水"的情怀……

我想起极幼小的时候就和父亲别离,那时家里有两把长刀,是抗战胜利时分到的,鲨鱼皮,古色古香,算是身无长物的父亲唯一贵重的东西,母亲带着我和更小的妹妹到台湾,父亲不走,只送我们到江边,他说:

"守土有责,我会熬到最后五分钟。——那把刀你带着,这把,我带着,他年能见面当然好,不然,总有一把会在。"

那样的情节，那样一句一钢钉的对话，竟然不是小说而是实情。

父亲最后翻云南边境的野人山而归，长刀丢了，唯一带回来的是劫后之身。

不是在圣人书里，不是在线装的教训里，我了解了家国之思，我了解了那份渴望上下拥抱五千年、纵横把臂八亿人的激情，它在那里，它一直在那里……

随便抓了一张纸，就在那空白的背面，用的是一支铅笔，我开始写文章：

那些气球都飘走了，总有好几百个吧？在透明的蓝空里浮泛着成堆的彩色，人们全都欢呼起来，仿佛自己也分沾了那份平步青云的幸运——事情总是这样的，轻的东西总能飘得高一点，而悲哀拽住我，有重量的物体总是注定要下沉的。

体育场很灿烂，闪耀着晚秋的阳光，礼炮沉沉地响着，这是十月，一九六六年的十月，武昌的故事远了。西风里悲壮的往事远了……

中山陵上的落叶已深，我们的手臂因渴望一个扫墓的动作而酸痛。

我忽然明白，写《地毯的那一端》的时代远了，我知道我更该写的是什么，闺阁是美丽的，但我有更重的剑要佩，更长的路要走。

那篇文章后来得了奖，奖金一千元，之后我又得过许多奖，许多奖金、奖杯、奖牌，领奖时又总有盛会，可是只有那一次，是我真正激动的一次，朱桥告诉我，评审委员读着，竟哭了。

我不能永远披着白纱，踏着花瓣，走向红毯尽处的他，当我们携手走下红毯，迎人而来的是风是雨，是风雨声中恻恻的哀鸣。

——但无论如何，我已举步上路。

双倍的年华

秋深以后，临近操场那条廊上总是有很好的阳光。但我每次走过的时候却不免微微心惊，怕学生的球奇袭而至。

而这一天早晨，蹦到我面前来的不是球，而是几个吱吱喳喳的女学生。

"张罗西，左惩！"（这是香港学生说"张老师，早晨"的发音。）

"你们正在打球吗？"

"是啊！"

"罗西，"一个圆脸而藏不住秘密的女孩子急急地指着另一个同学说，"今天是她的生日！"

"啊！"我转看那张阳光下粲然的脸，"Happy Birthday——是几岁生日啊？"

"二十一岁！"

多么好的年龄，我暗想，而且，不多不少，刚刚正好是我的一半，我今年四十二，奇怪的是，我一点不嫉妒甚至一点不羡慕她的年龄，我心底隐秘的感受是无法跟这二十一岁的女孩说得清的！

四十二岁对我而言是成花复成果的喜悦，是依旧光鲜的千里豪情，是能爱能恨的亮烈，是懂得善于珍惜的悠然意远，却又是敢于孟然浪掷的痴绝。仍然有权利对山头的红霞出神而浑忘柴米油盐，仍然有拾起行囊就天涯踏遍的任性……

然而，就在这一刹，我的心恻恻地轻痛起来，是什么原因使一个四十二岁的女人不曾进入中年反而拥有双倍的年华，双倍的艳彩？只是由于一个男子忠实的纵容和无所不至的爱啊！二十年来被宠被惯被迷恋的我此刻千里相隔之际，忽然想起这一生难报的恩情。

与我携手走过二十岁的那男孩，如今已是与我并肩行过四十岁的男人。如果天假以年，让我们相扶走向六十或八十，则生平多承厚爱的我将有三倍的风采，四倍的清韵。

初雪

诗诗，我的孩子：

如果五月的花香有其源自，如果十二月的星光有其出发的处所，我知道，你便是从那里来的。

这些日子以来，痛苦和欢欣都如此尖锐，我惊奇在它们之间区别竟是这样的小。每当我为你受苦的时候，总觉得那十字架是那样轻省。于是我忽然了解了我对你的爱，你是早春，把芬芳秘密地带给了园。

在全人类里，我有权利成为第一个爱你的人。他们必须看见你、了解你、认识你而后才决定爱你，但我不需要。你的笑貌在我的梦里翱翔，具体而又真实。我爱你没有什么可夸耀的，事实上没有人能忍得住对孩子的爱。

你来的时候，我开始成为一个爱思考的人，我从来没有这样深思过生命的意义，这样敬重过生命的价值，我第一次被生命的神圣和庄严感动了。

因着你，我爱了全人类，甚至那些金黄色的雏鸡，甚至那些走起路来摇摆不定的小狗，它们全都让我爱得心疼。

我无可避免地想到战争，想到人类最不可抵御的一种悲剧。我们这一代人像菌类植物一般，生活在战争的阴影里。我们的童年便在拥塞的火车上和颠簸的海船里度过。而你，我能给你怎样的一个时代？我们既不能回到诗一般的十九世纪，也不能隐向神话般的阿尔卑斯山，我们注定生活在这苦难的年代，以及苦难的中国。

孩子，每思及此，我就对你抱歉，人类的愚蠢和卑劣把自己陷在悲惨的命运里。而今，在这充满核恐怖的地球上，我们有什么给新生的婴儿？不是金锁片，不是香槟酒，而是每人平均相当一百万吨TNT（一种烈性炸药）的核威力。孩子，当你用完全信任的眼光看这个世界的时候，你是否看得见那些残忍的武器正悬在你小小的摇篮上，以及你父母亲的大床上？

我生你于这样一个世界，我也许是错了。天知道我们为你安排了一段怎样的旅程。

但是，孩子，我们仍然要你来，我们愿意你和我们一起学习爱人类，并且和人类一起受苦。不久，你将学会为这一切的悲剧而流泪——而我们的时代多么需要这样的泪水和祈祷。

诗诗，我的孩子，有了你，我开始变得坚忍而勇敢。我竟然可以面对着冰冷的死亡而无惧于它的毒钩。我正视着生产的苦难而仍觉傲然。为你，孩子，我会去胜过它们。我从没有像现在这样热爱过生命。你教会我这样多成熟的思想和高贵的情操，我为你而献上感谢。

前些日子，我忽然想起《新约》上的那句话："你们虽然没有见过他，却是爱他。"我立刻明白爱是一种怎样独立的感情。当尤加利的梢头掠过更多的北风，当高山的峰巅开始落下第一片初雪的莹白，你便会来到。而在你珊瑚色的四肢还没有开始在这个世界挥舞以前，在你黑玉的瞳仁还没有照耀这个城市之先，你已拥有我们完整的爱。我们会教导你，在孩提以前先了解被爱。诗诗，我们答应你，要给你一个快乐的童年。

写到这里，我又模糊地忆起江南那些那么好的春日，而我们总是伏在火车的小窗上，火车绕着山和水而行，日子似乎就那样延续着。我仍记得那满山满谷的野杜鹃！满山满谷又凄凉又美丽的忧愁！

我们是太早懂得忧愁的一代。

而诗诗，你的时代未必就没有忧愁，但我们总会给你一个丰富的童年，在你所居住的屋顶下没有属于这个世界的财富，但有许多的爱、许多的书、许多的理想和梦幻。我们会为你砌一座故事里的玫瑰花床，你便在那柔软的花瓣上游戏和休息。

当你渐渐认识你的父亲，诗诗，你会惊奇于自己的幸运，他诚实而高贵，他亲切而善良。慢慢地，你也会发现你的父母相爱得有多么深。经过这样多年，他们的爱仍然像林间的松风，清馨而又新鲜。

诗诗，我的孩子，不要以为这是必然的，这样的幸运不是每一个孩子都有的。这个世界不是每一对父母都相爱的。曾有多少个孩子在黑夜里独泣，在他们还没有正式投入人生的时候，生命的意义便已经被否定了。诗诗，诗诗，你不会了解那种幻灭的痛苦，在所有的悲剧之前，那是第一出悲剧。而事实上，整个人类都在相残着，历史并没有教会人类相爱。诗诗，你去教他们相爱吧，像那位诗哲所说的：他们残暴地贪婪着、嫉妒着，他们的言辞犹如隐藏的刀锋正渴于饮血。

去，我的孩子，去站在他们不欢之心的中间，让你温和的眼睛落在他们身上，犹如黄昏的柔霭淹没那日间的争扰。

让他们看你的脸，我的孩子，因而知道一切事物的意义，让他们爱你，因而彼此相爱。

诗诗，有一天你会明白，上苍不会容许你吝守着你所继承的爱。诗诗，爱是蕾，它必须绽放。它必须在疼痛的破拆中献出芳香。

诗诗，你也教导我们学习更多、更高的爱。记得前几天，一则药商的广告使我惊骇不已，那广告是这样说的："孩子，不该比别人家的衰弱。下一代的健康关系着我们的面子。要是孩子长得比别人家的健康、美丽、快乐，该多好、多荣耀啊。"诗诗，人性的卑劣使我不禁齿冷。诗诗，我爱你，我答应你，永不在我对你的爱里掺入不纯洁的成分。你就是你，你永不会被我们拿来和别人比较，你不需要为满足父母的虚荣心而痛苦。你在我们眼中永远杰出，你可以贫穷、可以失败，甚至可以潦倒。诗诗，如果我们骄傲，是为你本身而骄傲，不是为你的健康、美丽或者聪明。你是人，不是我们培养的灌木，我们绝不会把你修剪成某种形态，来让别人称赞我们的园艺天才。你可以按照你的倾向生长，你选择什么样式，我们都会喜欢——或者学习着去喜欢。

我们会竭力地去了解你，我们会慎重地俯下身去听你述说一个孩童的秘密愿望。我们会带着同情与谅解，帮助你度过忧闷的少年时期。而当你成年，诗诗，我们仍愿分担你的哀伤，人生总有一些悲怆和无奈的事。诗诗，如果在未来的日子里你感觉孤单，请记住你的母亲，我们的生命曾一度相系，我会努力使这种联系持续到永恒。我再说，诗诗，我们会试着了解你，以及属于你的时代。我们会信任你——上天从未赐下坏的婴孩。

我们会为你祈祷，孩子，我们不知道那些古老而太平的岁月会在什么时候重现。那种好日子终我们一生也许都看不见了。

如果这种承平永远不会重现，那么，诗诗，那也是无可抗拒、无可挽回的事。我只有祝福你的心灵，能在苦难的岁月里有内在的宁静。

常常记得，诗诗，你不单是我们的孩子，你也属于山，属于海，属于五月里无云的天空——而这一切，将永远是人类欢乐的主题。

你即将长大,孩子,每一次,当你轻轻地颤动,爱情便在我的心里急速涨潮。你是小芽,蕴藏在我最深的深心里,如同音乐蕴藏在长长的箫笛中。

前些日子,有人告诉我一则美丽的日本故事。说每年冬天,当初雪落下的那一天,人们便坐在庭院里,穆然无言地凝望那一片片轻柔的白色。

那是一种怎样虔敬、动人的景象!那时候,我就想到你,诗诗,你就是我们生命中的初雪。纯洁而高贵,深深地撼动着我。那些对生命的惊服和热爱,常使我在静穆中有哭泣的冲动。

诗诗,给我们的大地一些美丽的白色。诗诗,我们的初雪。

念你们的名字

孩子们,这是八月初的一个早晨,美国南部的阳光舒迟而透明,流溢着一种让久经忧患的人鼻酸的、古老而宁静的幸福。助教把期待已久的发榜名单寄来给我,一百二十个动人的名字,我逐一地念着,忍不住覆手在你们的名字上,为你们祈祷。

在你们未来漫长的七年医学教育中,我只教授你们八个学分的国文,但是,我渴望能教你们如何做一个人——以及如何做一个中国人。

我愿意再说一次,我爱你们的名字,名字是天下父母满怀热望的刻痕,在万千中国文字中,他们所找到的是一两个最美丽最醇厚的字眼——世间每一个名字都是一篇简短质朴的祈祷!

"林逸文""唐高骏""周建圣""陈震寰",你们的父母多么期望你们是一个出类拔萃的孩子。"黄自强""林进德""蔡笃义",多少伟大的企盼在你们身上。"张鸿仁""黄仁辉""高泽仁""陈宗仁""叶宏仁""洪仁政",说明了儒家传统对仁德的向往。"邵国宁""王为邦""李建忠""陈泽浩""江建中",显然你们的父母曾把你们奉献给苦难的中国。"陈怡苍""蔡宗哲""王世尧""吴景农""陆恺"，含蕴着一个古老圆融的理想。我常惊讶，为什么世人不能虔诚地细味另一个人的名字？为什么我们不懂得恭敬地省察自己的名字？每一个名字，不论雅俗，都自有它的哲学和爱心。如果我们能用细腻的领悟力去叫人的名字，我们便能学会更多的互敬和互爱，这世界也可以因此更美好。

这些日子以来，也许你们的名字已成为乡梓邻里间一个幸运的符号，许多名望和财富的预期已模模糊糊和你们的名字连在一起，许多人用钦慕的眼光望着你们，一方无形的匾已悬在你们的眉际。有一天，"医生"会成为你们的第二个名字，但是，孩子们，什么是医生呢？一件比常人更白的衣服？一笔比平民更饱胀的月入？一个响亮荣耀的名字？孩子们，在你们不必讳言的快乐里，抬眼望望你们未来的路吧！

什么是医生呢？孩子们，当一个生命在温湿柔韧的子宫中悄然成形时，你，是第一个宣布这神圣事实的人。当那蛮横的小东西在尝试转动时，你，是第一个窥得他在另一个世界的心跳的人。当他陡然冲入这世界，是你的双掌，接住那华丽的初啼。是你，用许多防疫针把成为正常的权利给了婴孩。是你，辛苦地拉动一个初生儿的船纤，让他开始自己的初航。当小孩半夜发烧的时候，你是那些母亲理直气壮打电话的对象。一个外科医生常像周公旦一样，是一个在简单的午餐中三次放下食物走入急救室的人。有的时候，也许你只需为病人擦一点红汞水，开几颗阿司匹林，但也有的时候，你必须为病人切开肌肤，拉开肋骨，拨开肺叶，将手术刀伸入一颗深藏在胸腔中的鲜红心脏。你甚至有的时候必须忍受眼看血癌吞噬一个稚嫩无辜的孩童而束手无策的裂心之痛！一个出名的学者来见你的时候，可能只是一个脾气暴烈的牙痛病人，一个成功的企业家来见你的时候，可能只是一个气结的哮喘病人。一个伟大的政治家来见你的时候，也许什么都不是，他只剩下一口气，拖着一个中风后的瘫痪的身体。挂号室里美丽的女明星，或许只是一个长期失眠的、神经衰弱的、有自杀倾向的患者——你陪同病人经过生命中最黯淡的时刻，你倾听垂死者最后的一声呼吸，探察他最后的一次心跳。你开列出生证明书，你在死亡证明书上签字，你的脸写在婴儿初闪的瞳仁中，也写在垂死者最后的凝望里。你陪同人类走过生、老、病、死，你扮演的是一个怎样的角色啊！一个真正的医生怎能不是一个圣者！

事实上，作为一个医者的过程正是一个苦行僧的过程，你需要学多少东西才能免于自己的无知，你要保持怎样的荣誉心才能免于自己的无行，你要几度犹豫才能狠下心拿起解剖刀切开第一具尸体，你要怎样自省才能在千万个病人之后免于职业性的冷静和无情。在成为一个医治者之前，第一需要被医治的，应该是我们自己。在一切的给予之前，让我们先成为一个"拥有"的人。

孩子们，我愿意把那则古老的"神农氏尝百草"的神话再说一遍。《淮南子》上说："古者民茹草饮水，采树木之实，食蠃蚝之肉，时多疾病毒伤之害，于是神农乃始教民播种五谷……尝百草之滋味，水泉之甘苦，令民知所辟就，当此之时，一日而遇七十毒。"

神话是无稽的，但令人动容的是一个行医者的投入精神，以及那种人饥己饥、人溺己溺、人病己病的同情。身为一个现代的医生当然不必一天中毒七十余次，但贴近别人的痛苦，体谅别人的忧伤，以一个单纯的"人"的身份，恻然地探看另一个身罹疾病的"人"，仍是可贵的。

记得那个"悬壶济世"的故事吗？"市中有老翁卖药，悬一壶于肆头，及市罢，辄跳入壶中，市人莫之见。"——那老人的药事实上应该解释成他自己。孩子们，这世界上不缺乏专家，不缺乏权威，缺乏的是一个"人"，一个肯把自己给出去的人。当你们帮助别人时，请记得医药是有时而穷的，唯有不竭的爱能照亮一个受苦的灵魂。古老的医术中不可缺的是"探脉"，我深信那样简单的动作里蕴藏着一些神秘的象征意义，你们能否想象用一个医生敏感的指尖去采触另一个人的脉搏的神圣画面？

因此，孩子们，让我们自怵自惕，让我们清醒地推开别人加给我们的金冠，而选择长程的劳瘁。真正的伟人的双手并不浸在甜美的花汁中，它们常忙于处理一片恶臭的脓血。真正的伟人的双目并不凝望最翠拔的高峰，它们低俯下来看一个卑微的贫民的病容。孩子们，让别人去享受"人上人"的荣耀，我只祈求你们善尽"人中人"的天职。

我曾认识一个年轻人，多年后我在纽约遇见他，他开过出租车，做过跑堂，试过各式各样的生存手段——他仍在认真地念社会学，而且还在办杂志。一别数年，恍如隔世，但最安慰的是当我们一起走过曼哈顿的时候，他无愧地说："我抱持着我当年那一点对人的好奇，对人的执着。"其实，不管我们研究什么，可贵的仍是那一点点对人的诚意。我们可以用赞叹的手臂拥抱一千条银河，但当那灿烂的光流贴近我们的前胸，其中最动人的音乐仍是一分钟七十二响的雄浑坚实如祭鼓的人类的心跳！孩子们，尽管人类制造了许多邪恶，人体还是天真的可尊敬的奥秘的神迹。生命是壮丽的、强悍的，一个医生不是生命的创造者——他只是协助生命神迹保持其本然秩序的人。孩子们，请记住你们每一天所遇见的不仅是人的"病"，也是病的"人"，人的眼泪，人的微笑，人的故事，孩子们，这是怎样的权利！

长窗外是软碧的草茵，孩子们，你们的名字浮在我心中，我浮在四壁书香里，书浮在黯红色的古老图书馆里，图书馆浮在无际的紫色花浪间，这是一个美丽的校园。客中的岁月看尽异乡的异景，我所缅怀的仍是台北三月的杜鹃。孩子们，我们不曾有一个古老幽美的校园，我们的校园等待你们的足迹使之成为美丽。

孩子们，求全能者以广大的心胸包容你们，让你们懂得用爱心去托住别人。求造物主给你们内在的丰富，让你们懂得如何去分给别人。某些医生永远只能收到医疗费，我愿你们收到的更多——我愿你们收到别人的感念。

念你们的名字，在乡心隐动的清晨。我知道有一天将有别人念你们的名字，在一片黄沙飞扬的乡村小路上，或者曲折迂回的荒山野岭间，将有人以祈祷的嘴唇，默念你们的名字。

你不能要求简单答案

年轻人啊，你问我说：

"你是怎样学会写作的？"

我说：

"你的问题不对，我还没有'学会'写作，我仍然在'学'写作。"

你让步了，说：

"好吧，请告诉我，你是怎么学写作的？"

这一次，你的问题没有错误，我的答案却仍然迟迟不知如何回复，并非我自秘不宣——但是，请想一想，如果你去问一位老兵：

"请告诉我，你是如何学打仗的？"

——请相信我，你所能获致的答案绝对和"驾车十要"或"计算机入门"不同。有些事无法作简单的回答，一个老兵之所以成为老兵，故事很可能要从他十三岁那年和弟弟一齐用门板扛着被日本人炸死的爹娘去埋葬开始，那里有其一生的悲愤郁结，有整个中国近代史的沉痛、伟大和荒谬。不，你不能要求简单的答案，你不能要一个老兵用明白扼要的字眼在你的问卷上做填充题，他不回答则已，如果回答，就必须连着他一生的故事。你必须同时知道他全身的伤疤，知道他的胃溃疡，知道他五十年来朝朝暮暮的豪情与酸楚……

年轻人啊，你真要问我跟写作有关的事吗？我要说的也是：除非我不回答你，要回答，其实也不免要夹上一生啊（虽然一生并未过完）！一生的受苦和欢悦，一生的痴意和决绝忍情，一生的有所得和有所舍。写作这件事无从简单回答，你等于要求我向你述说一生。

两岁半，年轻的五姨教我唱歌，唱着唱着，我就哭了，那歌词是这样的：

"小白菜呀，地里黄呀，三两岁上呀，没有娘呀……生个弟弟比我强呀……弟弟吃面，我喝汤呀……"

我平日少哭，一哭不免惊动妈妈，五姨也慌了，两人追问之下，我哽咽地说出原因：

"好可怜啊，那小白菜，晚娘只给她喝汤，喝汤怎么能喝饱呢？"

这事后来成为家族笑话，常常被母亲拿来复述，我当日大概因为小，对孤儿处境不甚了然，同情的重点全在"弟弟吃面她喝汤"的层面上，但就这一点，后来我细想之下，才发现已是"写作人"的根本。人人岂能皆成孤儿而后写孤儿？听孤儿的故事，便放声而哭的孩子，也许是比较可以执笔的吧。我当日尚无弟妹，在家中娇宠恣纵，就算逃难，也绝对不肯坐人挑筐。挑筐因一位挑夫可挑前后两箩筐，所以比较便宜。千山迢迢，我却只肯坐两人合抬的轿子，也算是一个不乖的小孩了。日后没有变坏，大概全靠那点善于与人认同的性格。所谓"常抱心头一点春，须知世上苦人多"的心情，恐怕是比学问、见解更为重要的人之所以为人的本源。当然它也同时是写作的本源。

七岁，到了柳州，便在那里读小学三年级。读了些什么，一概忘了，只记得那是一座多山多水的城，好吃的柚子堆在浮桥的两侧卖。桥在河上，河在美丽的土地上。整个逃离的途程竟像一场旅行。听爸爸一面算计一面说："你已经走了大半个中国啦！从前的人，一生一世也走不了这许多路的。"小小年纪当时心中也不免陡生豪情侠义。火车在山间蜿蜒，小站上有人用小砂甑焖了香肠饭在卖，好吃得令人一世难忘。整个中国的大苦难我并不了然，知道的只是火车穿花而行，轮船破碧疾走，一路懵懵懂懂南行到广州，仿佛也只为到水畔去看珠江大桥，到中山公园去看大象和成天降下祥云千朵的木棉树……

那一番大搬迁有多少生离死别，我却因幼小只见山河的壮阔，千里万里的异风异俗。某一夜的山月，某一春的桃林，某一女孩的歌声，某一城垛的黄昏，大人在忧思中不及一见的景致，我却一一铭记在心，乃至一饭一蔬一果，竟也多半不忘。古老民间传说中的天机，每每为童子见到，大约就是因为大人易为思虑所蔽。我当日因为浑然无知，反而直窥入山水的一片清机。山水至今仍是那一砚浓色的墨汁，常容我的笔有所汲饮。

小学三年级，写日记是一个很痛苦的回忆。用毛笔，握紧了写（因为母亲常绕到我背后偷抽毛笔，如果被抽走了，就算握笔不牢，不合格）。七岁的我，哪有什么可写的情节，只好对着墨盒把自己的日子从早到晚一遍遍地再想过。其实，等我长大，真的执笔为文，才发现所写的散文，基本上也类乎日记。也许不是"日记"而是"生记"，是一生的记录。一般的人，只有幸"活一生"，而创作的人，却能"活两生"。第一度的生活是生活本身；第二度是运用思想再追回它一遍，强迫它复现一遍。萎谢的花不能再艳，磨成粉的石头不能重坚，写作者却能像呼唤亡魂一般把既往的生命唤回，让它有第二次的演出机缘。人类创造文学，想来，目的也即在此吧？我觉得写作是一种无限丰盈的事业，仿佛别人的卷筒里填塞的是一份冰淇淋，而我的，是双份，是假日里买一送一的双份冰淇淋，丰盈满溢。

也许应该感谢小学老师的，当时为了写日记把日子一寸寸回想再回想的习惯，帮助我有一个内省的深思人生。而常常偷偷来抽笔的母亲，也教会我一件事：不握笔则已，要握，就紧紧地握住，对每一个字负责。

八岁以后，日子变得诡异起来，外婆猝死于心脏病。她一向疼我，但我想起她来却只记得她拿一根筷子、一片铜制钱，用棉花自己捻线来用。外婆从小出身富贵之家，却勤俭得像没隔宿之粮的人。其实五岁那年，我已初识死亡，一向带我的佣人在南京因肺炎而死，不知是几"七"，家门口铺上炉灰，等着看他的亡魂回不回来，铺炉灰是为了检查他的脚印。我至今几乎还能记起当时的惧怖，以及午夜时分一声声凄厉的狗嚎。外婆的死，再一次把死亡的剧痛和荒谬呈现给我，我们折着金箔，把它吹成元宝的样子，火光中我不明白一个人为什么可以如此彻底消失了。葬礼的场面奇异诡秘，"死亡"一直是令我恐惧乱怖的主题——我不知该如何面对它。我想，如果没有意识到死亡，人类不会有文学和艺术。我所说的"死亡"，其实是广义的，如即聚即散的白云，旋开旋灭的浪花，一张年头鲜艳年尾破败的年画，或是一支心爱的自来水笔，终成破蔽。

文学对我而言，一直是那个挽回的"手势"。果真能挽回吗？大概不能吧？但至少那是个依恋的手势，强烈的手势，照中国人的说法，则是个天地鬼神亦不免为之愀然色变的手势。

读五年级的时候，有个陈老师很奇怪地要我们几个同学来组织一个"绿野"文艺社。我说"奇怪"，是因为他不知是有意或无意的，竟然丝毫不拿我们当小孩子看待。他要我们编月刊；要我们在运动会里做记者并印发快报；他要我们写朗诵诗，并且上台表演；他要我们写剧本，而且自导自演。我们在校运会中挂着记者条子跑来跑去的时候，全然忘了自己是个孩子，满以为自己真是个记者了，现在回头去看才觉好笑。我如今也教书，很不容易把学生看作成人，当初陈老师真了不起，他给我们的虽然只是信任而不是赞美，但也够了。我仍记得白底红字的油印刊物印出来之后，我们去一一分派的喜悦。

我间接认识一个名叫安娜的女孩，据说她也爱诗。她要过生日的时候，我打算送她一本《徐志摩诗集》。那一年我初三，零用钱是没有的，钱的来源必须靠"意外"，要买一本十元左右的书因而是件大事。于是我盘算又盘算，决定一物两用。我打算早一个月买来，小心地读，读完了，还可以完好如新地送给她。不料一读之后就舍不得了，而霸占礼物也说不过去，想来想去，只好动手来抄，把喜欢的诗抄下来。这种事，古人常做，复印机发明以后就渐成绝响了。但不可解的是，抄完诗集以后的我整个和抄书以前的我不一样了。把书送掉的时候，我竟然觉得送出去的只是形体，一切的精华早为我所吸取，这以后我欲罢不能地抄起书来，例如：从老师处借来的冰心的《寄小读者》，或者其他散文、诗、小说，都小心地抄在活页纸上。感谢贫穷，感谢匮乏，使我懂得珍惜，我至今仍深信最好的文学资源是来自双目也来自腕底。古代僧人每每刺血抄经，刺血也许不必，但一字一句抄写的经验却是不应该被取代的享受。仿佛玩玉的人，光看玉是不够的，还要放在手上抚触，行家叫"盘玉"。中国文字也充满触觉性，必须一个个放在纸上重新描摹——如果可能，加上吟哦会更好，它的听觉和视觉会一时复苏起来，活力弥弥。当此之际，文字如果写的是花，则枝枝叶叶芬芳可攀；如果写的是骏马，则嘶声在耳，鞍辔光鲜，真可一跃而去。我的少年时代没有电视，没有电动玩具，但我反而因此可以看见希腊神话中赛克公主的绝世美貌，黄河冰川上的千古诗魂……

读我能借到的一切书，买我能买到的一切书，抄录我能抄录的一切片段。

刘邦、项羽看见秦始皇出游，便跃跃然有"我也能当皇帝"的念头，我只是在看到一篇好诗好文的时候有"让我也试一下"的冲动。这样一来，只有对不起国文老师了。每每放了学，我穿过密生的大树，时而停下来看一眼枝丫间乱跳的松鼠，一直跑到国文老师的宿舍，递上一首新诗或一阕词，然后怀着等待开奖的心情，第二天再去老师那里听讲评。我平生颇有"老师缘"，回想起来皆非我善于撒娇或逢迎，而在于我老是"找老师的麻烦"。我一向是个麻烦特多的孩子，人家两堂作文课写一篇五百字"双十节感言"交差了事，我却抱着本子从上课写到下课，写到放学，写到回家，写到天亮，把一个本子全写完了，写出一篇小说来。老师虽一再被我烦得要死，却也对我终生不忘了。少年之可贵，大约便在于胆敢理直气壮地去麻烦师长，即使有老天爷坐在对面，我也敢连问七八个疑难（经此一番折腾，想来，老天爷也忘不了我），为文之道其实也就是为人之道吧？能坦然求索的人必有所获，那种渴切直言的探求，任谁都要稍稍感动让步的吧（这位老师名叫钟莲英，后来她去了板桥艺大教书）？

你在信上问我，老是投稿，而又老是遭人退稿，心都灰了，怎么办？

你知道我想怎样回答你吗？如果此刻你站在我面前，如果你真肯接受，我最诚实最直接的回答便是一阵仰天大笑："啊！哈——哈——哈——哈——哈……"笑什么呢？其实我可以找到不少"现成话"来塞给你作标准答案，诸如"勿气馁"啦、"不懈志"啦、"再接再厉"啦、"失败为成功之母"啦，可是，那不是我想讲的。我想讲的，其实就只是一阵狂笑！

一阵狂笑是笑什么呢？笑你的问题离奇荒谬。

投稿，就该投中吗？天下哪有如此好事？买奖券的人不敢抱怨自己不中，求婚被拒绝的人也不会到处张扬，开工设厂的人也都事先心里有数，这行业是"可能赔也可能赚"的。为什么只有年轻的投稿人理直气壮地要求自己的作品成为铅字？人生的苦难千重，严重得要命的情况也不知要遇上多少次。生意场上、实验室里、外交场合，安详的表面下潜伏着长年的生死之争。每一类的成功者都有其身经百劫的疤痕，而年轻的你却为一篇退稿陷入低潮？

记得大一那年，由于没有钱寄稿（虽然稿件视同印刷品，可以半价——唉，邮局真够意思，没发表的稿子他们也视同印刷品呢！——可惜我当时连这半价邮费也付不出啊），于是每天亲自送稿，每天把一番心血交给门口警卫以后便很不好意思地悄悄走开——我说每天，并没有记错，因为少年的心易感，无一事无一物不可记录成文，每天一篇毫不困难。胡适当年责备少年人"无病呻吟"，其实少年在呻吟时未必无病，只因生命资历浅，不知如何把话删削到只剩下"深刻"，遭人退稿也是活该。我每天送稿，因此每天也就可以很准确地收到两天前的退稿，日子竟过得非常有规律起来，投稿和退稿对我而言就像有"动脉"就有"静脉"一般，是合乎自然定律的事情。

那一阵投稿我一无所获——其实，不是这样的，我大有斩获，我学会用无所谓的心情接受退稿。那真是"纯写稿"，连发表不发表也不放在心上。

如果看到几篇稿子回航就令你沮丧消沉——年轻人，请听我张狂的大笑吧！一个怕退稿的人可怎么去面对冲锋陷阵的人生呢？退稿的灾难只是一滴水一粒尘的灾难，人生的灾难才叫排山倒海呢！碰到退稿也要沮丧——快别笑死人了！所以说，对我而言，你问我的问题不算"问题"，只算"笑话"，投稿投不中有什么大不了！如果你连这不算事情的事也发愁，你这一生岂不愁死？

传统中文系的教育很多人视之为写作的毒药，奇怪的是对我而言，它却给了我一些更坚实的基础。文字训诂之学，如果你肯去了解它，其间自有不能不令人动容的中国美学，声韵学亦然。知识本身虽未必有感性，但那份枯索严肃亦如冬日，繁华落尽处自有无限生机。和一些有成就的学者相比，我读的书不算多，但我自信每读一书于我皆有增益。读《论语》，于我竟有不胜低回之致；读史书，更觉页页行行都该标上惊叹号。世上既无一本书能教人完全学会写作，也无一本书完全于写作无益。就连看一本烂书，也算负面教材，也令我怵然自惕，知道自己以后为文万不可如此骄矜昏昧，不知所云。

有一天，在别人的车尾上看到"独身贵族"四个大字，当下失笑，很想在自己车尾上也标上"已婚平民"四个字。其实，人一结婚，便已堕入平民阶级，一旦生子，几乎成了"贱民"，生活中种种烦琐吃力处，只好一肩担了。平民是难有闲暇的，我因而不能有充裕的写作时间，但我也因而了解升斗小民在庸庸碌碌、乏善可陈的生活背后的尊严，我因怀胎和乳养的过程，而能确实怀有"彼亦人子也"的认同态度，我甚至很自然地用一种霸道的母性心情去关爱我们的环境和大地。我人格的成熟是由于我当了母亲，我的写作如果日有臻进，也是基于同样的缘故。

你看，你只问了我一个简单的问题，而我，却为你讲了我的半生。文章千古事，得失寸心知。记得旅行印度的时候，看到有些小女孩在编丝质地毯，解释者说：必须从幼年就学起，这时她们的指头细柔，可以打最细最精致的结子，有些毯子要花掉一个女孩一生的时间呢！文学的编织也是如此一生一世吧？这世上没有什么不是一生一世的，要做英雄、要做学者、要做诗人、要做情人，所要付出的代价不多不少，只是一生一世，只是生死以之。

我，回答了你的问题吗？

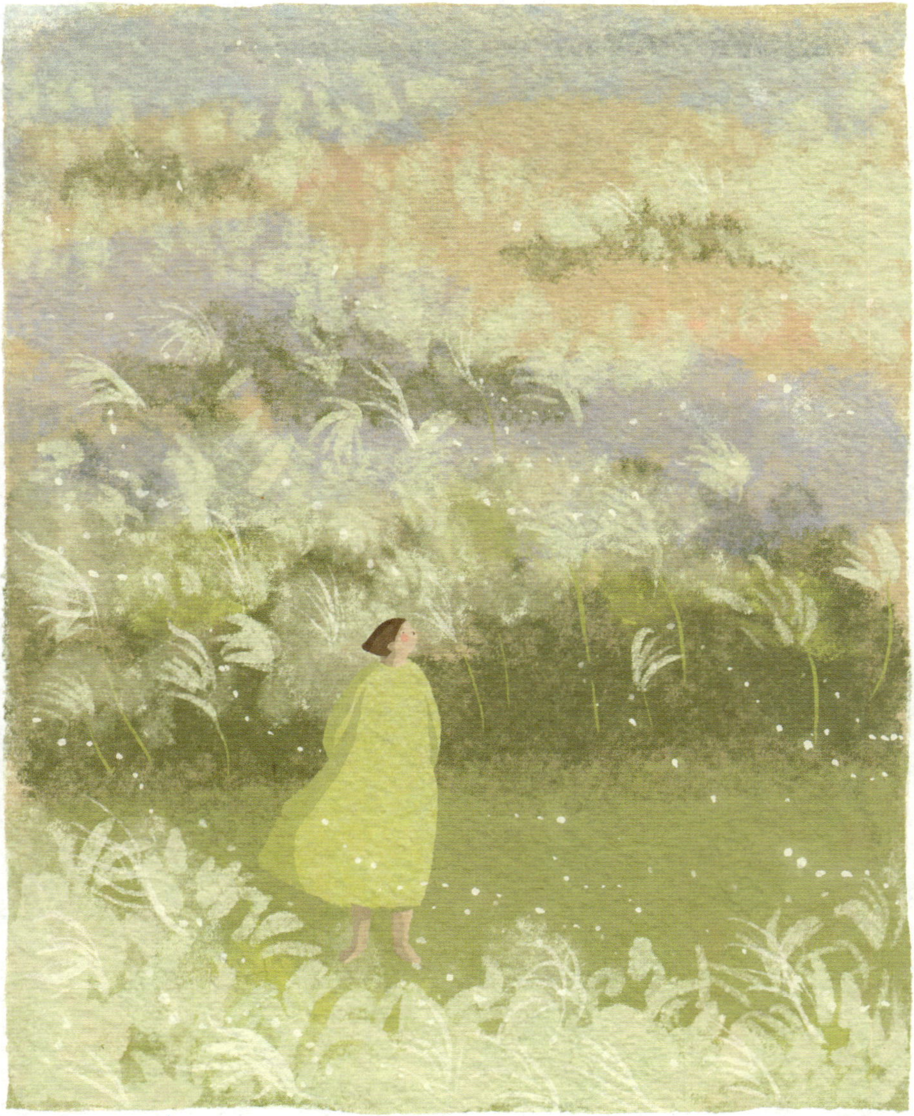

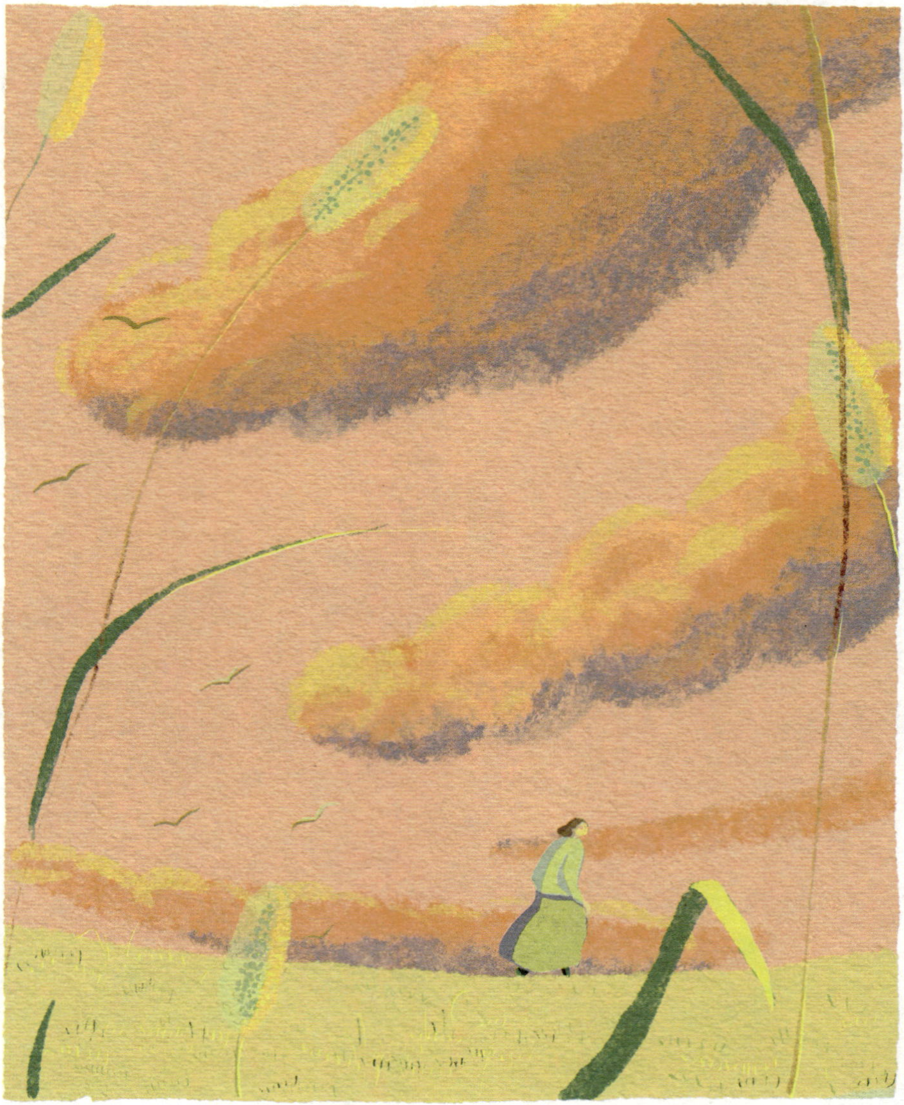

你欠我一个故事

1

那个人，我不知道他的名字，却和他打过两次照面——也许是两次半吧！

大约是一九九一年，我因事去北京开会。临行有个好心又好事的朋友，给了我一个地址，要我去看一位奇医，我一时也想不出自己有什么大病，就随手塞在行囊里。

在北京开会之余，发现某个清晨可以挤出两小时空档，我就真的按着地址去张望一下。那地方是在个小陋巷，奇怪的是一大早八点钟离医生开诊还有一小时，门口已排了十几个病人，而那些病人又毫无例外的全是台胞。

他们各自拎个热水瓶，问他们干吗，他们说医生会给他们药。又问他们诊疗费怎么算，他们说随便包，不过他们都会给上千元台币。

其中有个清啜寡欢的老兵站在一旁，我为什么说他是老兵，大概因为他脸上的某种烽烟战尘之后的沧桑。

"你是从台湾过来的吗？"

"是的。"

"台湾哪里？"

"屏东。"

"呀！"我差点跳起来，"我娘家也住屏东，你住屏东哪里？"

"靠机场。"

"哎呀！"我又忍不住叫了一声，"我娘家就在胜利路呢！——那，你府上哪里？"

"江苏徐州。"

其实最后那个问题问得有点多余，我几乎早已知道答案了，因为他的口音和我父亲几乎是一模一样的。

"生什么病呢？"

"肺里长东西。"

"吃这医生的药有效吗？"

"好像是好些了，谁知道呢？"

由于是初次见面，不好深谈人家的病，但又因为是同乡兼邻居，也有份不忍遽去之情。于是没话说，只淡淡地对站着。不料他忽然说：

"我生病，我谁都没说，我小孩在美国读书，我也不让他们知道，知道了又有什么用？还不是白操心。他们念书，各人忙各人的，我谁也不说，我就自己来治病了。"

"哎呀！这样也不太好吧？你什么都自己担着，也该让小孩知道一下啊！"

"小孩有小孩的事，就别去让他们操心了——你害什么病？"

"我？哎，我没什么病，只听人说这里有位名医，也来望望。啊哟，果真门庭若市，我还有事，这就要走了。"

我走了，他的脸在忙碌的日程里渐渐给淡忘了。

2

一九九三年，我带着父亲回乡探亲，由于父亲年迈，旅途除了我和母亲之外，还请了一位护士J小姐同行。

等把这奇异的返乡仪式完成，我们四人坐在南京机场等飞机返台。因为机场报到必须提早两小时，手续办完倒可神闲气定地坐一下。

我于是和J小姐起身把候机楼逛了一圈。候机楼不大，商场也不太有吸引力，我们走着走着，不知不觉在一位旅客面前停了下来。

J小姐忽然大叫了一声说：

"咦？怎么你也在这里？"

我定睛一看，不禁同时叫了起来：

"咦？又碰到了，我们不是在北京见过面吗？你吃那位医生的药后来效果如何？病都好了一点吗？"

"唉，别提了，别提了……"

J小姐说，他们是邻居，在屏东。

聊了一阵，等上飞机我跟J小姐说："他这人也真了不起呢！病了，还事事自己打点，都不告诉他小孩！"

"啊呀！你乱说些什么呀？"J小姐瞪了我一眼，"他哪有什么小孩？他住我家隔壁，一个老兵，一个孤老头子，连老婆都没有，哪来小孩？"

我吓了一跳，立刻噤声，因为再多说一句，就立刻会把这老兵在邻里中变成一个可鄙的笑话。

3

白云勤拭着飞机的窗口。

唉，事隔二年，我经由这偶然的机缘知道了真相，原来那一天，他跟我说的全是谎言。

但他为什么要骗我呢？他骗我，也并没有任何好处可得啊！

想着想着我的泪夺眶而出。因为我忽然明白了，在北京那个清晨，那人跟我说的情节其实不是"谎言"，而是"梦"。

在一个遥远的城市，跟一个陌生人对话，不经意的，他说出了他的梦，他的不可能实践的梦；他梦想他结了婚，他梦想他拥有妻子，他梦想他有了儿子，他梦想儿子女儿到美国去留学。

然而，在现实的世界里，他没有钱，没有地位，没有学问，没有婚姻，没有子女，最后，连生命的本身也无权掌握。

他的梦，并不是夸张，本来也并不太难于兑现。但对他而言，却是雾锁云埋，永世不能触及的神话。

不，他不是一个说谎的人，他是一个说梦的人。他的虚构的故事如此真切实在，令我痛彻肝肠。

4

回到台湾之后，我又忙着，但照例过一阵子就去屏东看看垂老的父亲，看到父亲当然也就看到了照顾父亲的 J 小姐。

"那个老兵，你的邻居，就是我们在南京机场碰到的那一个，现在怎么样了？"

"哎呀，" J 小姐一向大嗓门，"死啦！死啦！死了好几天也没人知道，他一个人，都臭了，邻居才发现！"

啊！那个我不知道名字的朋友，我和他打过两次半照面，一次在北京，一次在南京。另外半次，是听到他的死讯。

5

十多年过去了，我忽然发现，我其实才是老兵做梦也想做的那个人。

我儿是建中人，我女是北一女人，他们读完台大后，一个去了加州理工学院，一个去了 N.Y.U.。然后，他们回来，一个进了研究院，一个进了大学，为人如果能由自己挑选命运，恐怕也不能挑个更好的了。

如果，我是那个陌生老兵在说其"梦中妄语"时所形容的幸运之人，其实我也有我的惶惑不安，我也有我的负疚和深愧。

去岁六月，N.Y.U 在草坪上举行毕业典礼，我和丈夫、儿子飞去美国参加，高耸的大树下阳光细碎，飞鸟和松鼠在枝柯间跑来跑去，我们是快乐的毕业生家人。此时此刻，志得意满，唯一令人烦心的事居然是：不知典礼会不会拖得太久，耽误了我们在牛排馆的订位。

然而，虽在极端的幸福中，虽在异国五光十色的街头，我仍能听见风中有冷冷的声音传来：

"你，欠我。"

"我欠你什么？"

"你欠我一个故事！我不会说我的故事，你会说，你该替我说我的故事。"

"我也不会说——那故事没有人会说……"

"可是我已经说给你听了，而且，你明明也听懂了。"

"如果事情被我说得颠三倒四，被我说得词不达意……"

"你说吧！你说吧！你欠我一个故事！"

我含泪点头，我的确欠他一个故事，我的确欠众生一段叙述。

6

　　然后，我明白，我欠负的还不止那人，我欠山川，我欠岁月。春花的清艳，夏云的奇谲，我从来都没有讲清楚过。山峦的复奥，众水的幻设，我也语焉不详。花东海岸腾跃的鲸豚，崇山峻岭中颟面的织布老妇，世上等待被叙述的情境是多么多啊！

　　天神啊！世人啊！如果你们宽容我，给我一点时间，一点忍耐，一点期许，一点纵容，我想，我会把我欠下的为众生该作的叙述，在有生之年慢慢地一一道来。

2003.4.5 夜

细雨纷纷的清明，拖着打石膏的右腿坐在轮椅上写的

一半儿春愁 一半儿水儿

那年,她十七岁,我也是。夏天发榜,她考取了东吴大学,我也是。她读会计,我读中文,我们都很快乐。

我们相约去看新校区,南部乡下来的同班同学——真的很南部,比高雄还南,我们是屏东来的小孩。

同学叫她"狮子",倒不是因为她凶恶,而是因为她名叫师瑾,"师""狮"同音,大家就叫她"狮子"。

"狮子"长得美,一双大眼睛,慧黠灵动,莹澈渊深,仿佛一串说不完的谜面,令人沉吟费猜。"狮子"且清瘦,腰肢一把,轻盈若无,穿起那时代流行的蓬裙,直如云中仙子。

我们终于找到外双溪,那时是一九五八年,住在台北的人一时还没有学会污染的本领。我们站在溪边,我惊异于碧涧濑石之美——啊,叫我怎么说呢,我只能说,那时候的水,真是水。没有杂质的水。

我当时忍不住跟狮子胡扯:

"我们去弄件游泳衣,下去游泳吧!"

其实,我只是说说。因为,第一,我根本不会游泳;第二,水也太浅，不可能施展身手。

但狮子这个人一向认真，她立刻很淑女地骂了一句：

"你神经啦！"

我懂她的意思，她是指光天化日，众目睽睽，一个女孩子只穿一件游泳衣便去戏水，岂不有伤风化？

而我当时那么说，无非想表达，此水清清，清到值得我们跳进去嬉戏！

四十年后的今天，我每周去东吴上小说课，经过溪边，总不免扼腕叹息。溪水啊！你昔日的美丽呢？虽然也有胆大的钓者继续钓鱼，虽然也有一两只白鹭穿梭其间。但，那曾经澄澈如玉的溪水却早已不见了。

狮子，继续着她在人世间循规蹈矩的步伐，继续流盼她的美目，但乳癌却攫住她。她抗拒，她去开刀，她去复健，她认真地前往大陆寻求医疗，然而，三年前，她终于走了。灵堂布满白色的姬百合，她连葬礼都规划得一丝不苟。

我该向谁去讨回我误撞异域的朋友呢？

一九五八年，东吴在外双溪的第一栋校舍落成，中文系一年级在"第一教室"上课（那位置，现在是注册组在使用）。班上同学只有十人，如果用成本会计的眼光来看，真是浪费。但小班上课实在是令人难忘的好经验，认真的教授甚至可以记得我们作品中的某些句子，像张清徽（张敬）老师，三十年后她偶然还能当面背诵我大四"曲选习作"的句子：

"沟里波澜拥又推，乱成堆，一半儿春愁一半儿水。"

令我又喜又愧。

然而，清徽师也走了，祭吊时播放的不是哀乐，而是她生前最喜欢的昆曲。啊！真是奇异的告别式啊！

"袅晴丝，吹来闲庭院……"

幽缓的水磨调，人生却是如此匆匆啊！

老师是旧式才女，有才华，又用功，连她的字我也是极喜欢的（虽然，不太有人知道她的书法）。她的古诗更写得好，浑茂质朴，情深意切，当今之日，华文世界，能写出这种水平的人，想来也不超过十个吧！

忆起清徽师，常忍不住恻恻而痛，因为同为女性，也因为疼惜，疼惜她这样的才女，却生不逢辰。她对自己的婚姻啧有烦言。但据我看，师丈并不坏。我有次在老师家中看到一帧佩剑少年的旧照片，那美少年英姿飒爽，足以令任何女子怦然心动，我问师丈：

"咦！这人是谁呀？"

"就是我呀！"

我当时大吃一惊！原来这不修边幅，说起话来颠三倒四的师丈，曾是早期清华的高材生，他英挺俊俏，眼神如电，令人形惭。他且又因抗战投身空军，可谓是才子又是英雄。老师当年倾心此人，本来应该可成一段佳话，但才子往往不容易与人相处，至于逢迎阿谀，当然更为不屑。在事业饱受挫折之余，他变得成天谈玄说命，不事生产。老师于是自怨自艾起来，词曲于她不失为一种及时的救赎。

啊！如果老师晚生五十年或者六十年，命运会不会好些？女性主义的大纛是不是让她可以活得更理直气壮一点？但反过来说，如果她晚生六十年，那些来自书香世家的良好旧学根底也就没了——唉，人生实难啊！

何况，多年后，老师告诉我，她原为家计困窘，才在台大之外寻求兼课东吴的。那么，倒是我捡到便宜了，让我有一年之久领略她风趣隽永的授课。世事的凶吉休咎原是如此难卜，她的不幸，不料反而成就了我的幸运。

当这世上你可以称之为老师的人越来越少，学生却愈来愈多，真是件可悲的事。你眼看老成凋谢，却阻止不了他们的消失。于是你渐渐了解，原来，学者也不是永恒的，如果你不趁可请益的时候请益，将来，总有一天，你再也无法向他们请益了。

汪薇史（汪经昌）老师是我另一位恩师，不料在香港教书时发生车祸谢世。命运真是很奇怪的东西，汪老师和大多数外省老辈一样，对台湾的政治定位没什么把握。刚好，香港有意延聘他教书，他是希望能终老香港的，却不意被一辆不负责任的车子断了命。那司机何曾知道这一撞，撞碎了多少宝贵的曲学传承啊！

汪老师是曲学大师吴瞿安（吴梅）先生的弟子，在台湾曲学界可算得一代宗师。但奇怪的是，他当初受聘中文系，所授的课程竟是"社会学"。

有一次，我请教汪老师要学词曲应该如何入手，他说应从《花间词》读起，我再问从《花间词》读起如何读，他说，你来我家，我讲给你听。我从此每周两次去老师家听《花间词》，他讲给我一个人听，免费，而且供应晚餐。甚至我后来结了婚，仍赖皮如故。有时在老师家谈得兴起，不觉已至午夜。忽听得日式房子的矮墙外，有人用压低的清亮男高音的嗓子在叫：

"晓风！"

我一惊而起，推开抑扬清激的工尺谱，完了完了，一定又过十二点了。于是乖乖出门，跟来"捉"我的丈夫一起回家。从龙泉街到永康街，坐在脚踏车后座上，一路犹想着老师婉转的笛声。这种情节一路上演到我生了孩子，实在脱不了身，才算罢休。而那时候，老师也正打算赴香港上任去了。

我如今每次打开《花间词》都不敢久读，因为一想起往事，就要流泪。

溪声千回，前尘如烟。连当年那可爱的会写情诗的学弟林炯阳也走了（至于他曾取得博士学位，当过中文系主任，算来都属"末节"，他的诗人履历才是最可敬的）。我想，如今我只能珍惜活着的师友，并期待下一世纪江山代出的人才。钟灵毓秀的溪城当能回应我的祈愿吧？

重读一封前世的信

做编辑的，催起人来，几乎令人可以想见未来某一日死神来催命的情势。当然，往好处想，我今日既有本事死皮赖脸抵御编辑相催，他日，也许就不怎么怕死神的凌逼了。

我平日因疏懒成性，文债渐积渐多，只是，债多不愁，反正能躲则躲，能赖则赖，实在躲不掉也赖不掉的，就先应付一下。最近的债主是某报，人家要项目介绍我，不向我找数据又跟谁要数据呢？我很想哀告一声，说：

"喂，关于张晓风的数据，未必我张晓风就是权威呀！谁规定我该研究我自己？收集我自己？谁说我该提供有关张晓风的资料？我又不是给张晓风管资料的。"

如果要我在这世上找出少数几件我没什么大兴趣的事，"研究张晓风"一定会是其中的一项。想想，世上好玩的事有多么多呀！值得去留意一下的事有千桩万桩哩！譬如说：可以拿来做意大利面的特别小麦叫"杜兰小麦"，只有"杜兰"可以构成那迷人的韧劲。而且，意大利文有句"阿尔甸特"，意思便专指那份韧韧的嚼头。又譬如说马来人过新年的时候，晚辈跪拜父母，说

"敏达玛阿夫"（minta maaf），意思是"请饶恕我过去一年得罪你的地方"（啊，我多么希望普天下的人过新年的时候都互道这句话，它比"新年快乐"要有意思得多了）。又譬如台湾有种开在冬天的白色兰花叫"阿妈兰"（即祖母兰），开得天长地久，总也不谢，让人几乎以为它是永恒的。而开在春天的小朵紫色兰花却叫"小男孩"，一副顽皮又浪荡的样子。还有初夏时节，紫霞满树，危耸耸开遍洛杉矶和南美洲的那种"美死了人不偿命"的花树有个绕口的名字叫"夹卡润达"（Gacaranta），中文有个文绉绉的翻译叫"蓝花楹"……世上"杂学"无限，叫张晓风去搬弄张晓风的资料，一方面是无趣，一方面也是胜之不武吧！

　　但人家在催，我也只好去找。"找自己"是件蛮累的事，而且往往并无收获。倒是有一天木匠阿陈来修衣橱，抖出一包信，我正打算拿去丢掉，不料却发现那泛黄的纸页上有一片熟悉的笔迹。凑近一看，几乎昏倒。天哪！那是朱桥的信啊！朱桥死了有三十年了吧！他曾经是多么优秀的一个编辑啊！而他是自杀死的，"自杀"在当年是个邪恶的不干净的字眼。他所服务的单位大概因而非常不以为然，所以他连身后该有的哀荣也没有捞到。丧礼上的亲属只有他的老姨妈，她用江北口音有腔有调地哭诉着：

　　"朱家骏呀！你妈把你交给了我带来台湾呀！叫我以后回去怎么向你妈交代呀！"

过一会，想起来，她又补唱几句：

"你的志向高呀，平常的女孩子你都不要呀！至今还没成家呀！"

我非常惊讶，因为老姨妈似乎在用哭腔哭调告诉众亲朋好友：

"对于他的死，我是无罪的。不要以为我不照顾他，他没有成婚，他眼界高，他看上的女孩子人家看不上他，他的婚姻不是我耽误的……"

三十年后我才逐渐了解晚期的朱桥其实是在精神耗弱的状态下，产生了极度的"沮丧"。这事如果发生在今天，医生会认为这只不过是极平常的"忧郁症"，每天早晨吃一颗"百忧解"也就过去了。可怜当年的朱桥虽一度皈依佛门，却仍然二度自杀，似乎下定必死的决心。

曾经，为了催稿，他在作者家中整夜苦苦守候。曾经，他自掏腰包预付某些作者的稿费。他曾经把《幼狮文艺》办得多么叫好又叫座啊！

此刻，这封三十三年前来自编者案头的信竟忽然出现在我眼底，令我惊悚流泪。是前世的信吗？真的有点像，古人是以三十年为一世的。虽然，所谓的三十年，其实，也只像一瞬。

那时代穷，还没有发明什么用五万十万的巨额奖金去鼓励文学青年的事（文学青年一概皆靠编者的信来加以鼓励）。

一九六六年，我参加了奖金千元的"学艺竞赛"，并且得了奖。我当时二十五岁，翌年，我获得中山文艺奖（奖金五万元），以后又曾获得十万的或四十万的奖金——奇怪的是，我最最难忘的却是这奖额千元的奖，只因评审会中有人因我的文章而哭泣。那泪水，胜过千万金银。

台湾刚解严的那阵子，有外国电视记者来访问，他提出的问题是：

"尚未解严的时候，你的写作是不是很不自由？"

我说：

"不，我一向都是自由的，我想写什么就写什么——问题是编辑，看他敢不敢登而已。"

一九六六年，我写了《十月的哭泣》，算是当时威权能忍受的极限吧！而朱桥在《幼狮文艺》上刊登此文，其实也冒着损掉总编头衔的危险吧！我当时少不更事，哪里知道自己痛快驰文之际，竟会害别人要赌上自己的前程。当今之世，肯为作者而一掷前程的编者又有几人呢？

朱桥的那封信是这样写的：

晓风小姐：

我愿意向你致最大的敬意，当我读完《十月的哭泣》之后，正和你含着泪写一样，我也含着泪读。今天，我给魏子云先生看，他比我更为激动，他不竟（仅）是热泪盈眶，而且他说要找一座山痛哭一场。

尼采说："余最爱读以血泪写成的作品。"唯有以真诚的情感，才能打动人，特别是在我们今天处于这个惨痛的悲剧时代，本着这份感知，就我一个平凡的人而言，多少年的清晨与长夜，我都是为着一点爱国热忱，贡献了我能贡献的。就我编《幼狮文艺》后，虽然不如理想，但也看得出这份努力的心意。对于当前文坛上那些享受虚名与渔利之徒，时常令我齿冷，目前风气所趋，也是徒唤奈何的，因此，我对你抱着"那个题材不感动你的，而不遽尔下笔"是非常对的，希望你保持这份难得的态度。

学艺竞赛收稿已截止，就我观察而言，你的大作"获奖"是绝无问题的了。你信中说，你在情绪激动之下完成此作，有些小地方需要斟酌，我和魏子云先生研究很久，略为改动几处几个字，同时把题目拟改为《十月的阳光》。我们也知道，一字不改最好，因为你已用得很妥切了。为了免得被一些肤浅之辈断章取义，还是略加更改的为好，虽然，我们的刊物政治立场鲜明，但比任何民营报刊更不八股，别人不敢刊登的，我们反而敢刊登，我们敢刊登的别人亦未见得敢刊登，所以，改动数字几乎是必需的，尚请卓裁！

  我非常快慰，能获得大作参加学艺竞赛，谢谢您给我们这篇好文章！

敬祝大安

朱桥 1966 年 10 月 17 日

  以今天的标准来看，那篇文章只不过大胆真实，并没有什么忤逆之处。但是事隔几年，当齐邦媛教授和余光中教授两人要把该文选入某文选的时候，两人也彼此作壮语道：

"管他的，杀头就杀头，选是一定要选的。"

  我很庆幸，齐余两人的大好头颅都安全无恙。而我，其实我并没有做什么坏事，我只不过在三十三年前的"十月庆典"上哭泣，当局一向要的是三呼万岁——而我却哭泣，不料竟引动众人与我一同哭泣……

  啊！三十三年前，那曾是一个怎样的时代啊！

  我曾于两年前为隐地的书写序，其中有段论述是这样写的：

  曾经听一位老作家用十分羡慕的口吻说起现代年轻一辈的作者：

  "我觉得他们真了不起，他们又聪明又有学问，又有文笔。他们以后的成就一定不得了——不像我们当年,没有科班出身,只好瞎摸!"

我反驳说:

"也不见得,这一代,他们的确比较精明干练,但要说文学上的成就,那又是另一回事了。"

"怎么说呢?"

"文学这东西,"我说,"太聪明的人根本碰不得,聪明人就会分心,就会旁骛。老一辈的作者,文学对他们而言就好像风雪暗夜荒原行路人手中所拿的那根小火炬,因为风大,你只好用手护着火苗——而护得急了,连手都差点烧烂。但你不能不好好护着它,因为在群狼当道的原野中,一旦火熄了,你就完了。那火炬成了你的唯一,你忍着手心的疼痛,抵死护好那小小的蹿动的火苗。

"现在的作者不是,写作是他众多本领中的一项,他靠此吃饭,或者不靠此吃饭,他表演,他享受掌声和金钱,他游走,他回来,他在排行榜上。他翻阅这个月的新书,他的心不痛,从来不痛,因为他是个快乐的书写作业员。

"而老一辈的作者,他们手中捧着火苗前行,那火苗便是文学。那烫得人手心灼痛欲焦的文学。你忍受,只因在茫茫荒郊、漫漫长夜、风雪相侵、生死交扣的时刻，舍此之外，你一无所有。

"相较之下，今日的文学是众多消费品中的一项，是琳琅市场上和肥皂和电池和冰箱除臭剂和洋芋片和保险套一起贩卖的东西。一旦退货，立刻变成纸浆。

"现代的作者也许更有才华，但文学女神要的祭品却是你的痴狂和忠贞。"

我今天重读三十三年前一个编辑、一个文学人对年轻作者的殷殷期许，内心惶愧交煎。所有的生者对死者其实都欠着一副担子，因为死者谢世之际，无形中等于说了一句：

"担子，该由你们来挑了。"

当年曾经受人祝福，受人包容，受人期许的我，此刻，总该像地心的融雪之泉，为自己流经的土地而喷珠溅玉吧！

我真的肯做一个乐人之乐、苦人之苦，因别人的伤口而流血、因远方的哭声而倾泪的人吗？手中捏着前世的信，我逼问我自己。

肆

——那人在看画

第一幅画

中学的年纪,我住在南部一个阳光过盛的小城。整个城充满流动的色彩。春天,稻田一直澎澎湃湃涨到马路边,那浓绿,绿得滞人。稻子一旦熟了就更过分,晒稻子可以纷纷晒上柏油路来,骑车经过,仿佛碾过黄金大道。轮到晒辣椒的日子,大路又成了名副其实的"红场"。至于凤凰树,那就更别提了,年年要演一回"暴君焚城录",烈焰腾腾,延烧十里,和这个城里艳红的凤凰花相比,其他城市的凤凰只能算是病恹恹的野鸡。

太绚丽了,少年时的我对色彩竟有点麻木起来。

那城而且充满气味,一块块的甘蔗田是多么甜蜜的城堡啊!大桥下的砂地仿佛专为长西瓜而存在的。结实累累的芒果树则在每个人家的前庭后院里负责试探好的和坏的孩子。野姜花何必付钱去买呢?那种粗生贱长的玩意,随便哪个沟圳旁边不长它一大排?

然而,我却是一个有几分忧郁的小孩。两张双层床,我们四个姐妹挤在五坪大小的屋子里。在拥挤的九口之家里,你还能要求什么?院子倒是大的,大约近百坪,高大的橄榄树落下细白的花,像碎雪。橄榄熟时,同学都可以讨点"酸头"去尝,但我恨那酸,觉得连牙齿都可以酸成粉齑。

渐渐地,我找到一点生活下去的门道,首先我为自己的上铺空间取了个名字,叫"桃源居",这事当然不可以给几个妹妹知道,否则,她们会大惊小怪,捧着肚子笑得东倒西歪,但只要不说,也就万事太平,于是我就很阴险地擅自裂土独立了。反正,这是我的辖区,我要叫它桃源居,别人又奈得我何?

然后,不知道从哪里,好像是银行,我弄到一份月历,月历上有张莫奈的画,我当然也不知这莫奈是何许人也,把Monet用英文念了几次(法文当然是不懂的),觉得怪好听的,何况那画面灰蓝灰蓝的,有光,光却幽柔浮动,跟我住的那个城里晒得人会冒油的太阳截然不同。

欧洲,那是个怎么样的地方呢?在那年代,异地也几乎等于月球那么遥不可及。

我去配了一个镜框,把画挂在我那疆域只及一块榻榻米的"桃源居"里,心里充满慎重敬谨的感觉,仿佛一下之间,我就和这个文明世界挂钩起来了。有一幅名画挂在我的墙上了,我觉得我的上铺跟妹妹她们的铺位显然不同了,她们的床只是床——而我的,是悬有名画的"艺苑"。

这是我拥有的第一张画,其后在很长一段时间里,它也是我唯一的一张画。莫奈,也成了我那阶段最急于打探的一个名字。后来,果真看到他的资料,原来是"印象派画家","印象派画家"

是什么？对三十年前南方小城的中学生来说好像太艰涩了，但我已经很满意了，原来我一眼看中的日历画，果真是件好东西呢！

那样灰蓝灼白的画面，现在想来，好像忽然有点懂了。其中灰蓝部分透露出的是无比的沉静安详，好像只有欧洲才能那么安静。但由于灰蓝之外，有那么一点仿佛立刻要抓到而又立刻要逃跑的光，所以画面便有那么些闪闪忽忽像夏夜萤火虫般的光质。东方的绘画美在线条，但对那无可奈何的光，便只好用大片金色去弥补，可惜金色富丽斑斓，像温庭筠的词里所写的"画屏金鹧鸪"。日本人也爱用金色敷抹屏风，但太绚丽的东西，最后总不免落入装饰趣味。一旦沦为装饰，就难免有"小气"的嫌疑。

莫奈的光却是天光，十分日常，却又是长长一生中点点滴滴的大惊动。

当年那个小女孩，只拥有四分之一寝室的灰姑娘，竟因一幅复制的画，忽焉拥有了百年前黎明或正午的渊穆光华，拥有远方的莲池和池中的芬芳，她因挂了一幅画而发展出一片属于美的"势力范围"，她的世界从此变成一个无阻无碍的世界。

啊！我想今年春天我要去看看莫奈，我要去博物馆里谢他一声。三十多年过去了，我仍然记得当年把钉子钉入墙壁，为自己挂上第一幅画的感觉。

一钵金

乡居的日子是一钵闪烁的黄金,在贫乏的生活里流溢着旧王族的光辉。

过完了整个没有花的春,过完了半个只有热风没有蝉鸣的夏,我们遂把行囊携到这一排密生的丛竹之下。竹影中有一幢小屋,小屋前有绕宅的七里香,小屋后有老去的葡萄藤。

这里是一所安静的学院,暑假中学生都离去了,留下大片美丽的红土操场,和校园中盘旋的清风。而风过时满屋生香,把我们借住的小屋弄得像一个搅拌中的草莓冰淇淋桶。

将诗诗放在一张大木床上,他清亮的眼睛便惊讶地转动着,满足而又欢欣。他的满足使我们悲哀了好一阵,我们禁锢你太久,诗诗,我们也禁锢自己太久,在都市的黑尘里。

多么喜欢那些竹子,在窗外撑起万竿青葱。整个安静的下午,那些长长的尖叶在微风中优美地翻动,风便由竹丛那边的世界滤了过来,没有人能想象过滤后的风是怎样地充满了绿意和凉意。落雨的夜里,竹叶也负责过滤雨声。把雨依次漏下,听来像什么人在临轩纵击羯鼓。翌日黎明,许多小笋便悄然出土,露出尖尖的骄傲，像一个埋藏了许多世纪而乍被掘出的城市。

走着走着，便想起在远古的时代里，有一个僧人，专喜欢在清晨时分去摘取竹叶上的露水，研为墨汁，以作书画。又想起东坡，在放逐流浪的岁月中，却永远能拥有几竿翠竹。竹是一种怎样的树啊！竹是五言诗，原始而古典，美丽而苍凉。

那时候，你会觉得汉很近，唐很近，竹林七贤不过就在几尺以外的地方饮酒。

靠窗的地方放着我的小桌，仅容一盏灯、一卷书和一杯茶的小桌。当我偶然铺开纸的时候，就有那么多美好的东西令我掷笔。没有围墙也没有门扉，我们的小屋因此看来便像一辆偶然停在林荫下的跑车，可以憩息，也可以观望。太多的风景重叠着，最远的一幅是蓝天，其次是如烟的平林，再其次是草地，再其次是瘦竹。偶然间杂其中，成为流动的画面的，则是一些低飞的麻雀和一群跳跃的孩童——这一切使文学成为笨拙而多余。

而在我背后，小诗诗朗声地笑着，叫着。长久以来，我们不曾如此地接近，不曾如此地以整日的时间什么都不做而只是谈那些轻柔的、语言之外的语言。五个月的他是那样的兴奋，那样的忙碌。时而望着窗外的浓荫，时而去捉墙上自己的影子，时而摇响他的玩具铃，时而抢爸爸的阔边眼镜，又时而煞有介事地倾听远方火车的长鸣。

当我向前瞭望，当我向后俯视，我就默无一言。我已被夹在自然和婴儿之间，世间还有什么可羡慕的幸福？

有一天清晨，当我醒来，小室里摇漾着淡淡的阳光，葡萄藤的影子在雕镂着粉墙。而当我抬头看窗外，我惊讶地发现竹林上开遍了蓝紫色的牵牛花。

"这是什么奇迹，"我披衣而起，"昨天还没有的，是什么精灵在一夜之间变幻出这样的花蔓。"

而当我走出室外，牵牛花全不见了，蓝紫色的小点仍在——原来是致密的竹叶所遮不住的细碎碎的八月晴空。

但我仍然相信那是一些牵牛花，在我今晨睁开眼睛，不知身在何处的那一霎间，某些善良的小仙就将竹影间的蓝天点化成花。为了给我一些温柔的回忆，一些孩提时代甜蜜而伤感的回忆，让我回想我生命初期那幢满篱牵牛花的老屋。

那天，整个早晨，我的胸中便鼓荡着那些神圣的余响。

又有无数黄昏，我们推着流苏四垂的婴儿车，走在松枝交映的红砖道上。学校的伙食团五点就让我们吃了晚饭，我们变得好像是在时间方面得到一笔横财的暴发户，可以挥霍地掷出。夏日的傍晚，在乡间竟同时是这样的安恬而又这样喧闹。整个晚间我们便什么也不做地扶车而行，不时肃立道旁，凝视着烧霞的长天。渐渐地，暮色被田野的虫声淹没。渐渐地，虫声被灌溉渠的水响淹没。渐渐地，水响被初生的月华淹没。而小诗诗的推车微微地颠簸着，颠满车的暮色，颠满车的虫声，颠满车的水响，颠满车的月华。当我们俯身而视的时候，小诗诗不知在什么时候已经睡去了，带着满足与信任，垂下他细密的黑睫毛。他的小手搭在车子的两侧，如同夏夜中两茎散香的莲花。

"我不相信婴儿没有梦，虽然他们没有语言。"有一天我对心理系的刘教授说，"他总是在笑，他必是梦见什么了。"

"他们会有很简单的梦。"他说，"但他们分不清楚，在梦与现实之间他们找不到分界。"

那么，睡吧，诗诗。乡居的日子自有迷人的摇篮曲——在梦中，以及现实中。

最爱那些傍晚的阵雨，雨收之后，小园里的茉莉白得如一把新采出水的珠子。校园里的红土红得发沉，绿树绿得透明，我们便走在恍恍惚惚的往事里。仿佛仍是昨天，那些在大学念书的美好日子，而梦和现实是这样的混淆。

走到那排松树下，我们忽然怔住了，放射形的松针上，遍生着晶亮的小雨珠。那些细细尖尖的青针，有着比花瓣更美好的形状，每一枝都指向一个崭新的方向。而那些雨珠，像一把撒自天际的晶莹的梦，被兜在松针的网里。对着月亮，每一个梦都闪烁生辉。那两侧枝柯相接的松径，在此刻看来竟像是一道碎冰砌成的拱门，清冷而华贵，令人在敬畏中却步。我们肃立良久，感到一种宗教的庄穆。

学校后面有一曲湖水，湖边水浅的地方丛生着大片浅紫色的花串。隔着湖水回望校园中的小教堂，便有那么朴拙可爱的意味。湖畔有一些苦苓树，恣意横生的枝子竟伸到水中去了，树影下憩息着垂钓的人，一次次地换他们的饵。

如果我有一根钓竿，我就钓那些花，我就钓那些水中的云影，我就钓那些失去了的闲情。

而事实上乡居的日子，一切都满着、溢着，我不禁窃笑起自己来了。我何需钓些什么呢？我竟那样不可救药地怀着都市人的想法。我何需花呢？这些日子本来就如同花心中的小憩。我何需云影？它们在我窗前日夜周游。我何需额外的闲情。我早已拥有它——在我心灵的深处。

让日子周而复始，让生活如一枝七节鞭笞打我们，我们能忍受——我们曾有炳耀的今夏。

乡居的日子是一钵黄金，在我们贫乏的生活中流溢着旧王族的光辉。

精致的聊天

此日足可惜,
此酒不足尝。
舍酒去相语,
共分一日光。
——韩愈

很喜欢韩愈的这首诗,如果翻成语体,应该是:

可珍惜的是今天这"日子"啊!
那淡薄的酒又有什么好喝的?
放下酒杯且来聊聊吧,
让我们一起分享这一日时光。

之所以喜欢这首诗是因为自己也喜欢和朋友聊天,使生活芳醇酣畅的方法永远是聊天而不是饮酒,如果不能当面聊,至少可以在电话里聊,如果相隔太远长途电话太贵,则写信来聊。如果觉得文字不足，则善书者可书，善画者不妨画，善歌者则以之留贮在录音带里——总之，不管说话给人听或听别人说话，都是一桩万分快乐的事。

西语里又有"绿拇指"一词，指的是善于栽花莳草的人，其实也该有"绿耳人"与"绿舌人"吧？有的人竟是善于和植物互通消息互诉衷曲的呢！春天来的时候，听听樱花的主张，羊蹄甲的意见或者杜鹃的隽语吧！也说些话去撩撩酢浆草或小石槲兰吧！至于和苍苔拙石说话则要有点技巧才行，必须话语平淡，而另藏机锋。总之，能跟山对话，能跟水唱和，能跟万紫千红窃窃私语的人是幸福的。

其实最精致最恣纵的聊天应该是读书了，或清茶一盏邀来庄子，或花间置酒单挑李白。如果嫌古人渺远，则不妨与稍近代的辛稼轩、曹雪芹同其歌哭，如果你向往更相近的謦音，便不妨拉住梁启超或胡适之来聒絮一番。如果你握一本《生活的艺术》，林语堂便是你谈笑风生的韵友，而执一卷《白玉苦瓜》，足以使余光中不能不向你披肝沥胆。尤其伟大的是你可以指定梁实秋教授做传译而和莎翁聊天。

生活里最快乐的事是聊天，而读书，是最精致的聊天。

那人在看画

那人在看画——这件事并不奇怪,每天,全省各地画廊里,成千的画作挂在那里,成万的观众前来看画。

他在看画,我,在看他。他的额头特别凸出,所以,在他倾身看画的时候,额头都几乎要碰到画上去了。

他看画的表情显然是喜悦的,喜悦中他左顾右盼,和在场乡亲打招呼,并且微微有几分羞涩。在他背后,几张小桌拼成一条大桌,桌上放些茶点,许多人围在那里,算是画展的开幕酒会,但这位观画人对茶点不感兴趣,他只定定地望着那幅画出神。

别的画,他似乎也看,但他至终还是回到这幅画前。

屋子里,人如潮水,一波又一波。

这里是一个美丽的客家山乡,画展,便是在当地的小学教室举行,我平生还没见过画展在教室里办的事,不免觉得新鲜。教室里只有初夏悍烈明亮的阳光,投射灯,则一支也没有,但在阳光下看画也自有妩媚处。

大桌子上的酒会食品也有点奇怪，不是惯见的鸡尾酒或洋芋片，而是仙草冰和些客家点心。蝉，在窗外的大树上鸣叫。那人还在看画，画沿着教室周边挂着，每幅画几乎都是以大片的绿色构成，仿佛学校外面那大片大片的农地一时延伸到这间教室里面来了。

唯一不同的是，校外的农田十里一色，在南风中薰然如醉。画中的绿却极富变化，有些是初春耙地，有些是施肥薅草，有些是打取谷粒，……古代有人跟着皇帝身边记载他廿四小时的生活，叫"实录"，而这位乡土画家却亦步亦趋地跟着稻禾做它终生的忠实记录，他所画的，正是一部"稻子实录"。和政治上的实录相比，稻子实录可爱多了。

我走近那看画人，想跟他说几句话，这时，旁边刚好走来一个农妇（啊，至于我为什么判断她是一个农妇，这句话却也一时说不清，可能由于她的动作，也可能由于她的肤色或音量），她忽然对着我大声说："呀，你看，你看，这画的，就是他啦！"

我一惊，才发觉那幅画中站在田里拔除稗子的农夫，的确也是个额头凸凸的汉子。两相对照，画中人和看画人竟像一对双胞胎，而两个凸脑壳又几乎要亲热地互相碰撞了。

我这才明白，这人为什么一直微笑着，趑趄不去，他听说自己被画了,被展了,他来看他自己。

啊,我忽然羡慕起那画家来,他画的是他身边的耕作者。农人耕田,他耕画布,而他的画中人可以跑来看他自己,这比古代叶公画龙好多了,龙是不会跑到画布前来重新审视自己的。

能有自己的土地,能有故乡,能有可以入画的老乡亲,能有值得记录的汗水——对一个画家而言,还有什么更幸运的事?

"你的侧影好美！"

中午在餐厅吃完饭，我慢慢地喝下那杯茶，茶并不怎么好，难得的是那天下午并没有什么赶着做的事，因此就慢慢地一口一口地啜着。

柜台那里有个女孩在打电话，这餐厅的外墙整个是一面玻璃，阳光流泻一室。有趣的是那女孩的侧影便整个印在墙上，她人长得平常，侧影却极美。侧影定在墙上，像一幅画。

我坐着，欣赏这幅画，奇怪，为什么别人都不看这幅美人图呢？连那女孩自己也忙着说个不停，她也没空看一下自己美丽的侧影。而侧影这玩意其实也很诡异，它非常不容易被本人看到。你一转头去看它，它便不是完整的侧影了，你只能斜眼去偷瞄自己的侧影。

我又坐了一会儿，餐厅里的客人或吃或喝——他们显然都在做他们身在餐厅该做的事。女孩继续说个不停，我则急我的事，我的事是什么事呢？我在犹豫要不要跑去告诉那女孩关于她侧影的事。

她有一个极美的侧影,她自己到底知道不知道呢?也许她长到这么大都没人告诉过她,如果我不告诉她,会不会她一生都不知道这件事?

但如果我跑去告诉她,她会不会认为我神经兮兮,多管闲事?

我被自己的假设苦恼,而女孩的电话看样子是快打完了。我必须趁她挂上电话却犹站在原来位置的时候告诉她。如果她走回自己座位我再拉她站回原地去表演侧影,一切就不再那么自然了。

我有点气自己,小小一件事,我也思前想后,拿捏不出个主意来。啊!干脆老实承认吧!我就是怕羞,怕去和陌生人说话,有这毛病的也不只我一个人吧!好,管他呢,我且站起来,走到那女孩背后,破釜沉舟,我就专等她挂电话。

她果真不久就挂了电话。

"小姐!"我急急叫住她,"我有一件事要告诉你……"

"喔……"她有点惊讶,不过旋即打算听我的说辞。

"你知道吗?你的侧影好美,我建议你下次带一张纸、一支笔,把你自己在墙上的侧影描下来……"

"啊!谢谢你告诉我。"她显然是惊喜的,但她并没有大叫大跳。她和我一样,是那种含蓄不善表达的人。

我走回座位，吁了一口气。我终于把我要说的说了，我很满意我自己。

"对！其实我这辈子该做的事就是去告诉别人他所不知道的自己的美丽侧影。"

别人的同学会

出门的时候，她蔫蔫的，一副意兴阑珊的样子。

多年夫妻了，装高兴的那种把戏看来也大可不必了。装假，实在是很累人的事，更何况，装的不好是会给人拆穿的，反而没趣。

他应该也看出来了，但大概由于理亏，也就不好意思说什么了。两人叫了计程车，便往豪华饭店驰去。她本来就讨厌吃"泼费"（"尽量吃饱"的意思），何况又是去跟丈夫的同学吃。

世上无聊的事很多，陪配偶的老同学吃饭大概也算是一桩吧？今天的晚宴，她想象起来，也不觉得会有什么乐趣。所谓"老友"，本来天经地义，就该有点排外。老友聊天如果不能令别人目瞪口呆，只言片语也插不进，那也不叫"老友"了。

这种场合，她知道，做妻子的去了，实在了无生趣。但不去，又显得做丈夫的没面子，连个老婆也搬不动，只好勉勉强强无精打采地去走一遭。等一下，等到达饭店，她会把笑容拿出来挂上脸去，她会把自己装作"鸽派人士"。但现在，她想要休息一下，她把自己缩成一条还没有吹涨的气球，萎皱且扭曲，窝在座椅上。

坐上桌以后，果不出所料，几个男人开始大谈想当年，女人则静静地听，静静地吃，完全插不上嘴。同学会是不该带配偶的，太不人道了，她想，各人跑各人自己的同学会才对。好在几个太太都是质朴的人，大家低头吃东西，倒也相安。曾经碰到某些太太没话找话说，那才叫累人。

忽然，话锋一转，他们谈到了作弊。而且，他们一致把眼睛望向她的丈夫。

"哎呀，真的，我们班上唯一考试不作弊的人，就是你呀！"

"对呀，就是你，只有你一个！"

她吃了一惊，原来他是唯一的一个！她自己考试不作弊，总以为天下人都该不作弊，没料到丈夫当年竟是唯一的一个。

"那你呢？你也作弊啦？"有个太太多此一举地瞪眼问自己的丈夫。

"我不作弊我就毕不了业了！"那丈夫理直气壮地回答。

她默默地吃着，什么话也没讲。心里却对自己说，啊，想来那男孩当年也满可爱的，虽然现在的他已是"忠厚"人士，虽然他坐在自己身边竭力不为那份诚实而自得自豪。他的确是个诚实的君子，相处三十多年后，她倒也能为这句话盖上印章，打上包票。

"有时去参加别人的同学会倒也不完全是无聊的事。"

回家的路上，挽着丈夫的手，她想。

例外的惭愧

有一件事，我十分惭愧，那就是：我经常都不惭愧。

唉，这句话说得那么吊诡，简直就像政客。听来我好像"惭愧于我的不惭愧"，却更像"并不惭愧于我的不惭愧"。

譬如说，我去人家家里吃饭，女主人烧得一手好菜，我一边吃得逸兴遄飞，一边诚心诚意的赞道：

"真惭愧呀，这么好吃的东西，我怎么就烧不出来呀？"

可是，等晚上回到家里，夜深人静之际，我仿佛听见极幽微的声音在提醒我：

"哎，我说，你这家伙，你说的话好像不太诚实哦！你想想，你真的惭愧吗？你说说罢了，你干吗说这种话？这世上说话不实在的人太多了，你还要再增加一个吗？"

我当下嗫嗫嚅嚅：

"哎呀，我并不是撒谎，我当时大概一时冲动吧？我其实并不打算来惭愧的，更不打算来改过，我下回小心，不乱说不实之话就是了。"

其他的事依此类推，例如人家的屋子布置得如何雅洁清幽，人家的研究做得如何深沉扎实，人家的菜园整理得如何鲜翠欲滴，我其实都厚着脸皮轻易放过自己——动不动就惭愧，那日子可要怎么过啊？

不过，倒有一桩"外套事件"例外：

大约十年前，我在暑假去新西兰旅游，住在朋友家里。台湾的暑假其实正逢新西兰的冬天，这一点，我虽然也知道，却仍然心存侥幸，不肯多带厚重的衣服。心里想，如此挥汗的溽暑，带着冬衣出门实在太奇怪了，管他的，等到了新西兰冷得受不了，再去借朋友的衣服来穿吧！

及至新西兰，我那几件毛衣实在挡不了事，心里立刻想去买衣服。刚好那天朋友开车带我出游，车子高速开过公路（新西兰人少车少，路又宽平，几乎每条路都可当高速公路来开），我忽然大叫：

"停车，停车——退回去，我看到一所教堂！"

"教堂怎么了？"

"教堂门口有草坪，草坪上有一块牌子，牌子上写着大义卖——"

"奇怪，"朋友半信半疑，"车子开那么快，你也看得到！"

但她还是把车退了回去，果真教堂在举行义卖。

义卖多半不卖什么好东西，都是些人家家里用不着的旧物品，倒是巧克力奶和饼干做得非常好，我们各点了一份。忽然，我看到了一件仿羽绒的美丽外套。哎呀，那刚好是我想要的，跑去一试，尺码正合适，再看价钱，天哪，差不多合台币两千元，当天的大堂里，每件东西都贱价，就只这件外套死贵，怎么回事，我竟看上唯一一件贵货，便忍不住想还价。

"对，我知道。"摊位的主人说，"这是场子里最贵的东西，可是这是我朋友刚从美国寄来送我的，全新呢！"

天气实在冷，我立刻付了钱，并且舍不得脱下。

"这件衣服穿起来不错，你，为什么不自己留着呢？"

"我不想穿得那么奢华，我穿普通的衣服就好。而且，教堂需要钱！"

我这才仔细看她，她穿一件非常黯败的土色毛衣，她的人也带几分土色。我忽然惭愧起来，我这样随手就买了东西，而这东西却是原主人口中的奢侈品。

年年冬天，我穿这件衣服的时候，内心都十分惶愧。想起那清癯瘦小的主人，我觉得自己有点越分，但我又不能拿这件衣服去还她，只好小心翼翼爱惜着穿，好来赎我的罪咎。不管我能活几岁，不管我有多重要的场合须出席，我立志再不去买第二件冬衣。

我惭愧，对那位我不知名的南半球的穿着素朴的女子。平生极少生愧，但一想起那妇人安静的眼神，约敛的身体，低抑的语调，我就——惶恐惭愧。

只要让我看到一双诚恳无欺的眼睛

春天,西湖,花开满园。

整个宾馆是个小沙嘴,伸入湖中。我的窗子虚悬在水波上,小水鸭在远近悠游。

清晨六时,我们走出门来,等一个约好的人。那人是个船夫——其实也不是船夫,应该说他的妻子是个船妇。而他,出于体贴吧,也就常帮着划船。既然长在西湖边上,好像人人天生都该是划船高手似的。

昨天,我们包了他的船一整天。中午去"楼外楼"一起吃清炒虾仁和叫花鸡,请他们夫妇同座同席。他听说我们想去苏州,便极力保证他可以替我们去买船票,晚上上船,第二天清早就到苏州。他说他有关系,绝对可以买到票。

不知为什么,我就是不能拒绝他。其实,由于有台胞身份,旅馆是可以代我们买票的。可是他那么热心,不托他买,倒仿佛很见外似的。

说好了,清晨六时他就把票送过来。

西湖之美,明朝人袁中郎早就说过了,一定要在凌晨或月夜,游客的数目常是美景的杀手。一旦过了清晨九点,西湖只不过是个背景不错的人口市场罢了。我们原打算接了票立刻趁人少骑脚踏车去逛苏堤、白堤、六和塔……西湖于我,是个熟得不能再熟的地方——虽然一次也没来过。但那"断桥残雪",那"南屏晚钟",那"曲院风荷",一一伴我长大,在书本的扉页里……

但现在六点了,那船夫却没有来,我们哪里都不能去。

小鸟在青眼未舒的柳树梢头啁啾——那船夫,还不来。

芍药开了,很香。广玉兰白中带紫,旋满一树——那船夫,怎么还不来?

六点半了。

春日的枫树红中带润,同样是红,但跟深秋的霜叶却全然不同。唉,六点半了。

木本的海棠花饱满妖艳,美得让自己都有点不胜负荷了。七点了,都七点了。

我焦躁起来,和丈夫互相问了我们万分不想问的问题:"他,会不会拿了我们买船票的钱,就消失了?"

不会吧!我们再等等。钱,其实也不多,合美金大概不到五十。悲伤的是,我们会不会因此变成可笑的、易于上当的傻瓜?

他是我的同胞,而西湖又这么美,此刻又是乾坤清朗庄重的春日清晨,我不该起疑心。可是,七点十分了,听说船夫的父母是基督徒，可是，那又保证什么？绝美的春晨正一寸寸消失，我怎么办？我像个白痴似的站在宾馆门口，等一个可能永远不会出现的人。

七点十五。

他来了！他来了！我叫。丈夫跑出来，我们在门口迎上他。他说，今早因为借不到脚踏车，所以便一直去借，借到现在。

我对他千恩万谢，他可能以为我谢他是因他代为买票的辛苦。他不知道，我真正感谢的是，他终于出现了，他帮助我免于做一个可鄙的怀疑论者。

那天早上，我们未能把向往已久的景点一一看完，但幸运的是，我看到了一张可信赖的脸。人活着，总会碰到人，碰到人，就可能受骗。但只要让我看到一双诚恳无欺的眼睛，我就可以甘心受人千次诳欺。

毕竟，那是一个美丽的春晨。

其实，你跟我都是借道前行的过路人

那天放假，是端午节的假。从前，端午节是不放假的，原因不详。似乎是，从民国开始，新派的当权人士就对农历节庆有点仇视。但挨挨蹭蹭混了七十多年，发现老百姓还是爱过老节，终于投了降，把清明、端午、中秋的假一一照放。想来，说不定，有一天连阴历的花朝日或重阳节都放假也未可知。

那一天，因为是第一次得到一个新鲜的端午假日，十分兴奋，于是全家出发，驾上车，浩浩荡荡地赴大屯山去赏蝶，以为庆贺。奇怪的是，事近十年，现在回想起来，那蝴蝶漂亮的青翅倒不算印象深刻，使我惊愕难忘的倒是另一番景象。

蝴蝶并非不美丽，但它的美对我而言是"意料中事"，并无意外可言。我在导游手册上找到"蝴蝶廊"的名字，就"按图索蝶"前往大屯山一探，果真找到了它们。

但另外的那番景象却是我"碰"上的，导游手册里完全没提到。

那天，我从阳投公路左转，往大屯山主峰的方向开去，蝴蝶廊便在大屯山主峰上。天气晴和，它们三三两两在阳光下舒翅，它们的翅膀犹如青天一角，又如土耳其蓝玉。看完蝴蝶，我继续前往于右任墓，忽然，毫无防备，它，出现在车前。

它显然极度惊惶，它是一条碧绿色的小蛇。蛇虽然也有嘴、脸、眼睛，但蛇的表情大约是我们人类读不懂的吧？只是它急恐窜逃的样子我看得懂，它的肢体在痉挛中飞迅蠕动，把那翡翠一般优雅的皮色舞成一片模糊晃动的碎琉璃。

我在它横越马路的地方轻轻刹车，距它大约四米，我停在那里对它说："不要怕，我让你，你是行人，你先过。"

窄窄的山路，对它竟是天险难渡。不知是不是因为柏油路面不利于它的蠕动，它看来张皇失措。

"对不起，吓到你了，你的名字是不是叫小青？今天是端午节，你知不知道，今天这日子跟你们蛇族的故事有关呢！"

它战栗，这是它生死攸关、存亡续绝的时刻。

"不要这样，这条路又不是我的，我们两个都只不过是偶然借道前行的过路人罢了！你好好走嘛！这座山与其说属于我的祖先，不如说是属于你的祖先。我进入了你们的领域，我说道歉都来不及，你又何必吓成这样呢？"

小蛇窜入草丛，转瞬消失。

事情过了快十年了，它那抖动如飞鞭的身形，它那痛苦扭折的 S 形常在我眼前晃动，我为自己和人类文明加诸它的苦楚而深感苦楚。

不知它如今还活着吗？曾经，某年某月某日某时，我与它，两个同被初夏阳光蛊惑而思有所动的生物，一起借道而行，行经光影灿烂的山路。它是那样碧莹美丽，我不能忘记。

伍 —— 初心

初心

初哉首基肇祖元胎……

因为书是新的，我翻开来的时候也就特别慎重。书本上的第一页第一行是这样的："初、哉、首、基、肇、祖、元、胎……始也。"

那一年，我十七岁，望着《尔雅》这部书的第一句话而愕然，这书真奇怪啊！把"初"和一堆"初的同义词"并列卷首，仿佛立意要用这一长串"起始"之类的字来做整本书的起始。

也是整个中国文化的起始和基调吧？我有点敬畏起来了。

想起另一部书，《圣经》，也是这样开头的：

"起初，上帝创造天地。"

真是简明又壮阔的大笔，无一语修饰形容，却是元气淋漓，如洪钟之声，震耳贯心，令人读着读着竟有坐不住的感觉，所谓壮志陡生，有天下之志，就是这种心情吧！寥寥数字，天工已竟，令人想见日之初升，海之初浪，高山始突，峡谷乍裂，以及大地寂然等待小草涌腾出土的一刹那！

而那一年，我十七，刚入中文系，刚买了这本古代第一部辞书《尔雅》，立刻就被第一页第一行迷住了，我有点喜欢起文字学来了。真好，中国人最初的一本字典（想来也是世人的第一本辞书），它的第一个字就是"初"。

"初，裁衣之始也。"文字学的书上如此解释。

我又大为惊动，我当时已略有训练，知道每一个中国文字背后都有一幅图画，但这"初"字背后不止一幅画，而是长长的一幅卷轴。想来当年造字之人初造"初"字的时候，也是煞费苦心之余的神来之笔。"初"这件事无形可绘，无状可求，如何才能追踪描摹？

他想起了某个女子的动作，也许是母亲，也许是妻子，那样慎重地先从纺织机上把布取下来。整整齐齐的一匹布，她手握剪刀，当窗而立，她屏息凝神，考虑从哪里下刀，阳光把她微微毛乱的鬓发渲染成一轮光圈。她用神秘而多变的眼光打量着那整匹布，仿佛在主持一项典礼，其实她努力要决定的只不过是究竟该先做一件孩子的小衫好呢，还是先裁自己的裙子？一匹布，一如渐渐沉黑的黄昏，有一整夜的美梦可以预期——当然，也有可能是噩梦，但因为有可能成为噩梦，美梦就更值得去渴望——而在她思来想去的当际，窗外陆陆续续流溢而过的是初春的阳光，是一批一批的风，是雏鸟拿捏不稳的初鸣，是天空上一匹复一匹不知从哪一架纺织机里卷出的浮云……

那女子终于下定决心，一刀剪下去，脸上有一种近乎悲壮的决然。

"初"字，就是这样来的。

人生一世，亦如一匹辛苦织成的布，一刀下去，一切就都裁就了。

整个宇宙的成灭，也可视为一次女子的裁衣啊！我爱上"初"这个字，并且提醒自己，每个清晨都该恢复为一个"初人"，每一刻，都要维护住那一片初心。

初发芙蓉

《颜延之传》（《南史》）里这样说：

"延之尝问鲍照己与灵运优劣，照曰：'谢五言如初发芙蓉，自然可爱，君诗若铺锦列绣，亦雕缋满眼。'"

六朝人说的芙蓉便是荷花，鲍照用"初发芙蓉"比谢灵运，实在令人羡慕，其实"像荷花"不足为奇，能像"初发芙蓉"才令人神思飞驰。灵运一生独此四字，也就够了。

后来的文学批评也爱沿用这字眼，周济《介存斋论词杂著》中论晚唐韦庄的词便说：

"端己词清艳绝伦，初日芙蓉春月柳，使人想见风度。"

中国人没有什么"诗之批评"或"词之批评"，只有"诗话""词话"，而词话好到如此，其本身已凝聚饱实，且华丽如一则小令。

清露晨流，新桐初引

《世说新语》里有一则故事，说到王恭和王忱原是好友，以后却因政治上的芥蒂而分手。只是每次遇见良辰美景，王恭总会想到王忱。面对山石流泉，王忱便恢复为王忱，是一个精彩的人，是一个可以共享无限清机的老友。

有一次，春日绝早，王恭独自漫步到幽极胜极之处，书上记载说：

"于时清露晨流，新桐初引。"

那被人爱悦，被人誉为"濯濯如春月柳"的王恭忽然怅怅然冒出一句："王大故自濯濯。"语气里半是生气半是爱惜，翻成白话就是：

"唉，王大那家伙真没话说——实在是出众！"

不知道为什么，作者在描写这段微妙的人际关系时，把周围环境也一起写进去了。而使我读来怦然心动的也正是那段"于时清露晨流，新桐初引"的附带描述。也许不是什么惊心动魄的大景观，只是一个序幕初启的清晨，只是清晨初初映着阳光闪烁的露水，只是露水装点下的桐树初初抽了芽，遂使得人也变得纯洁灵明起来，甚至强烈地怀想起那个有过嫌隙的朋友。

李清照大约也是被这光景迷住了，所以她的《念奴娇》里竟把"清露晨流,新桐初引"的句子全搬过去了。一颗露珠,从六朝闪到北宋,一叶新桐,在安静的扉页里晶薄透亮。

我愿我的朋友也在生命中最美好的片刻想起我来。在一切天清地廓之时,在叶嫩花初之际,在霜之始凝,夜之始静,果之初熟,茶之方馨。在船之启碇,鸟之回翼,在婴儿第一次微笑的一刹那,想及我。

如果想及我的那人不是朋友,而是敌人(如果我有敌人的话),那也好——不,也许更好,嫌隙虽深,对方却仍会想及我,必然因为我极为精彩。当然,也因为一片初生的桐叶是那么好,好得足以让人有气度去欣赏仇敌。

错误

——中国故事常见的开端

在中国，错误不见得是一件坏事，诗人愁予有首诗，题目就叫《错误》，末段那句"我达达的马蹄是美丽的错误"，四十年来像一支名笛，不知被多少嘴唇呜然吹响。

《三国志》里记载周瑜雅擅音律，即使酒后也仍然轻易可以辨出乐工的错误。当时民间有首歌谣唱道："曲有误，周郎顾。"后世诗人多事，故意翻写了两句："欲得周郎顾，时时误拂弦。"真是无限机趣，描述弹琴的女孩贪看周郎的眉目，故意多弹错几个音，害他频频回首，风流倜傥的周郎哪里料到自己竟中了弹琴素手甜蜜的机关。

在中国，故事里的错误也仿佛是那弹琴女子在略施巧计，是善意而美丽的——想想如果不错它几个音，又焉能赚得你的回眸呢？错误，对中国故事而言有时几乎成为必须了。如果你看到《花田错》《风筝误》或《误入桃源》这样的戏目不要觉得古怪，如果不错它一错，哪来的故事呢！

有位德国戏剧家布莱希特写过一出《高加索灰阑记》，不但取了中国故事做蓝本，学了中国京剧表演方式，到最后，连那判案的法官也十分中国化了。他故意把两起案子误判，反而救了两造婚姻，真是彻底中式的误打误撞，而自成佳境。

身为一个中国读者或观众，虽然不免训练有素，但在说书人的梨花简嗒然一声敲响或书页已尽正准备掩卷叹息的时候，不免悠悠想起，咦？怎么又来了，怎么一切的情节，都分明从一点点小错误开始？

我们先来说《红楼梦》吧，女娲炼石补天，偏偏炼了三万六千五百零一块。本来三万六千五百是个完整的数目，非常精准正确，可以刚刚补好残天。女娲既是神明，她心里其实是雪亮的，但她存心要让一向正确的自己错它一次，要把一向精明的手段错它一点。"正确"，只应是对工作的要求，"错误"，才是她乐于留给自己的一道难题，她要看看那块多余的石头，究竟会怎么样往返人世，出入虚实，并且历经情劫。

就是这一点点的谬错，于是大荒山无稽崖青埂峰下，便有了一块顽石，而由于有了这块顽石，又牵出了日后的通灵宝玉。

整一部《红楼梦》，原来恰恰只是数学上三万六千五百分之一的差误而滑移出来的轨迹，并且逐步演化出一串荒唐幽渺的情节。世上的错误往往不美丽，而美丽又每每不错误，唯独运气好碰上"美丽的错误"才可以生发出歌哭交感的故事。

《水浒传》楔子里的铸错则和希腊神话"潘朵拉的盒子"有

些类似,都是禁不住好奇,去窥探人类不该追究的奥秘。

但相较之下,洪太尉"揭封"又比潘朵拉"开盒子"复杂得多。他走完了三清堂的右廊尽头,发现了一座奇特神秘的建筑:门缝上交叉贴着十几道封纸,上面高悬着"伏魔之殿"四个字,据说从唐朝以来八九代天师每一代都亲自再贴一层封条,锁孔里还灌了铜汁。洪太尉禁不住引诱,竟打烂了锁,撕了封条,踢倒大门,撞进去掘起石碣,搬走石龟,最后又扛起一丈见方的大青石板,这才看到下面原来是万丈深渊。刹那间,黑烟上腾,散成金光,激射而出。仅此一念之差,他放走了三十六座天罡星和七十二座地煞星,合共一百零八个魔王……

《水浒传》里一百零八个好汉便是这样来的。

那一番莽撞,不意冥冥中竟也暗合天道,早在天师的掐指计算中——中国故事至终总会在混乱无序里找到秩序。这一百零八个好汉毕竟曾使荒凉的年代有一腔热血,给邪曲的世道一副直心肠。中国的历史当然不该少了尧舜孔孟,但如果不是洪太尉伏魔殿那一搅和,我们就要失掉夜奔的林冲或醉打出山门的鲁智深,想来那也是怪可惜的呢!

洪太尉的胡闹恰似顽童推倒供桌,把袅袅烟雾中的时鲜瓜果散落一地,遂令天界的清供化成人间童子的零食。两相比照,我倒宁可看到洪太尉触犯天机,因为没有错误就没有故事——而没有故事的人生可怎么忍受呢?

一部《镜花缘》又是怎么样的来由？说来也是因为百花仙子犯了一点小小的行政上的错误，因此便有了众位花仙贬入凡尘的情节。犯了错，并且以长长的一生去补救，这其实也正是大部分的人间故事吧！

也许由于是农业社会，我们的故事里充满了对四时以及对风霜雨露的时序的尊重。《西游记》里的那条老龙王为了跟人打赌，故意把下雨的时间延后两小时，把雨量减少三寸零八点，其结果竟是惨遭斩头。不过，龙王是男性，追究起责任来动用的是刑法，未免无情。说起来女性仙子的命运好多了，中国仙界的女权向来相当高涨，除了王母娘娘是仙界的铁娘子以外，众女仙也各司要职。像"百花仙子"，担任的便是最美丽的任务。后来因为访友下棋未归，下达命令的系统弄乱了，众花在雪夜奉人间女皇帝之命提前齐开。这一番"美丽的错误"引致一种中国仙界颇为流行的惩罚方式——贬入凡尘。这种做了人的仙即所谓"谪仙"（李白就曾被人怀疑是这种身份）。好在她们的刑罚与龙王大不相同，否则如果也杀砍百花之头，一片红紫狼藉，岂不伤心！百花既入凡尘，一个个身世当然不同，她们佻挞美丽，不苟流俗，各自跨步走向属于她们自己的那一番人世历程。

这一段美丽的错误和美丽的罚法都好得令人艳羡称奇！

从比较文学的观点看来，有人以为中国故事里往往缺少叛逆英雄。像宙斯，那样弑父自立的神明，像雅典娜，必须拿斧头砍开父亲脑袋自己才跳得出来的女神，在中国是不作兴有的。就算捣蛋精的哪吒太子，一旦与父亲冲突，也万不敢"叛逆"，他只能"剔骨剜肉"以还父母罢了。中国的故事总是从一个小小的错误开端，诸如多炼了一块石头，失手打了一件琉璃盏，太早揭开坛子上有法力的封口（关公因此早产，并且终生有一张胎儿似的红脸）。不是叛逆，是可以谅解的小过小犯，是失手，是大意，是一时兴起或一时失察。"叛逆"太强烈，那不是中国方式。中国故事只有"错"，而"错"这个字既是"错误"之错也是"交错"之错，交错不是什么严重的事，只是两人或两事交互的作用——在人与人的盘根错节间就算是错也无碍。像百花之仙，待历经尘劫回来，依旧是仙，仍旧冰清玉洁馥馥郁郁，仍然像掌理军机令一样准确地依时开花。就算在受刑期间，那也是一场美丽的受罚，她们是人间女儿，兰心蕙质，生当大唐盛世，个个"纵其才而横其艳"，直令千载以下，回首乍望的我忍不住意飞神驰。

年轻，有许多好处，其中最足以傲视人者莫过于"有本钱去错"。年轻人犯错，你总得担待他三分——

有一次，我给学生订了作业，要他们每人念几十首诗，录在录音带上交来。有的学生念得极好，有的又念又唱，极为精彩，有的却有口无心。苏东坡的"一年好景君须记，最是橙黄橘绿时"，不知怎么回事，有好几个学生念成"一年好景须君记"，我听了，一面摇头莞尔，一面觉得也罢，苏东坡大约也不会太生气。本来的句子是"请你要记得这些好景致",现在变成了"好景致得要你这种人来记",这种错法反而更见朋友之间相知相重之情了。好景年年有,但是,得要有好人物来记才行呀!你,就是那可以去记住天地岁华美好之面的我的朋友啊!

有时候念错的诗也自有天机欲泄,也自有密码可索,只要你有一颗肯接纳的心。

在中国,那些小小的差误,那些无心的过失,都犹如偏离大道以后的岔路。岔路亦自有其可观的风景,"曲径"似乎反而理直气壮地可以"通幽"。错有错着,生命和人世在其严厉的大制约和惨烈的大叛逆之外也何妨采中国式的小差错、小谬误或小小的不精确。让岔路可以是另一条大路的起点,容错误是中国式故事里急转直下的美丽情节。

人日

一年三百六十五天，其中不免有些是节日。说到节日，就立刻有民族之分。天下各族，有人爱泼水节，有人爱对着月亮吃甜饼，有人爱叫小孩晚上扮鬼去讨糖吃……

我要说的是，有个民族定了一天叫"人日"。"人日"？是"人权日"吗？不是，没那么正经八百，就只是"人的日子"。"人日"是哪一天呢？是农历正月初七，刚过完年，第七天。哦，你大概知道了，这是中国古老的节日。但是，为什么我不说它是汉人的节日呢？因为我对它的"汉成分"有点怀疑，它的资料见于《荆楚岁时记》，听起来不是"高尚黄河流域"的产物，比较是属于"新兴长江流域南蛮子"的勾当。此书写于五六世纪间，作者宗懔本身虽是河南人，却以"外省人"的身份住在湖北，那是北人南走的时代，他兴味盎然地记录"人日"这一天的民间活动：

第一，把七种青菜煮成蔬菜汤。

第二，用剪刀剪丝绸为人形，用小刀镂金箔为人形贴在屏风上为装饰。

第三，这些装饰也可以戴在头上。

第四，做些"华胜"彼此相赠。"华胜"等于"花胜"，其实也等于"人胜"，温庭筠在《花间词》的第二首词便有"人胜参差剪"之句。

第五，登高赋诗。

这个风俗，唐人宋人诗中常提起，宋代学者和清代学者也一再提起，这个属于南方族群的节日看来已纳入全体华人体系。我喜欢这个节日的另一个理由是"人日"不是孤零零的日子，它和其他节日合起来变成了"节庆季"，其节庆次序如下：第一天是鸡日，第二天以后分别是狗、猪、羊、牛、马、人日，这种安排简直有点像是为家庭农场设计的，每天都有一种动物跳出来做节日主角，真是聪明的构想。另有一说是，这些日子多加一天，第八天属于植物，叫谷日——这样说来，整个新年期间，把重要的动物、植物都搬上场了。人类不管多了不起，在新年节庆里他也只是七分之一或八分之一的分量罢了。

在众多的人日歌吟中李商隐的极写实，"镂金作胜传荆俗，翦彩为人起晋风"。苏东坡的"七种共挑人日菜，千枝先剪上元灯"也十分扣住主题。张继的"人日兼春日，长怀复短怀。遥知双彩胜，并在一金钗"也颇令人对远方幽居的美人有诸多想象。

但最令我动容的还是诗人高适寄给杜甫的《人日诗》,那时杜甫逃难住成都,高适在蜀州任刺史,他寄杜甫的诗(三首中的其一)如下:

> 人日题诗寄草堂,
> 遥怜故人思故乡。
> 柳条弄色不忍见,
> 梅花满枝空断肠。

许多年后,高适去世,杜甫收拾旧文物,忽然拣出这首好久以来没找到的诗,当下不胜依依,也作三首追酬高适,其中第一首如下:

> 自蒙蜀州人日作,
> 不意清诗久零落。
> 今晨散帙眼忽开,
> 迸泪幽吟事如昨。

就在那年冬天,杜甫也走了,留下的是诗,以及诗人和诗人之间的情谊。

如果我是个有权力的人，我会请台湾地区行政管理机构负责人订个"人日"节，如果我权力更大，我会要求全世界的人都来过此节。当天吃七种青菜，登高赋诗，剪漂亮的彩色或金色的人形，并且，十分高兴地想起：

"啊呀，今天是人日——而我，我真的是个人哦！"

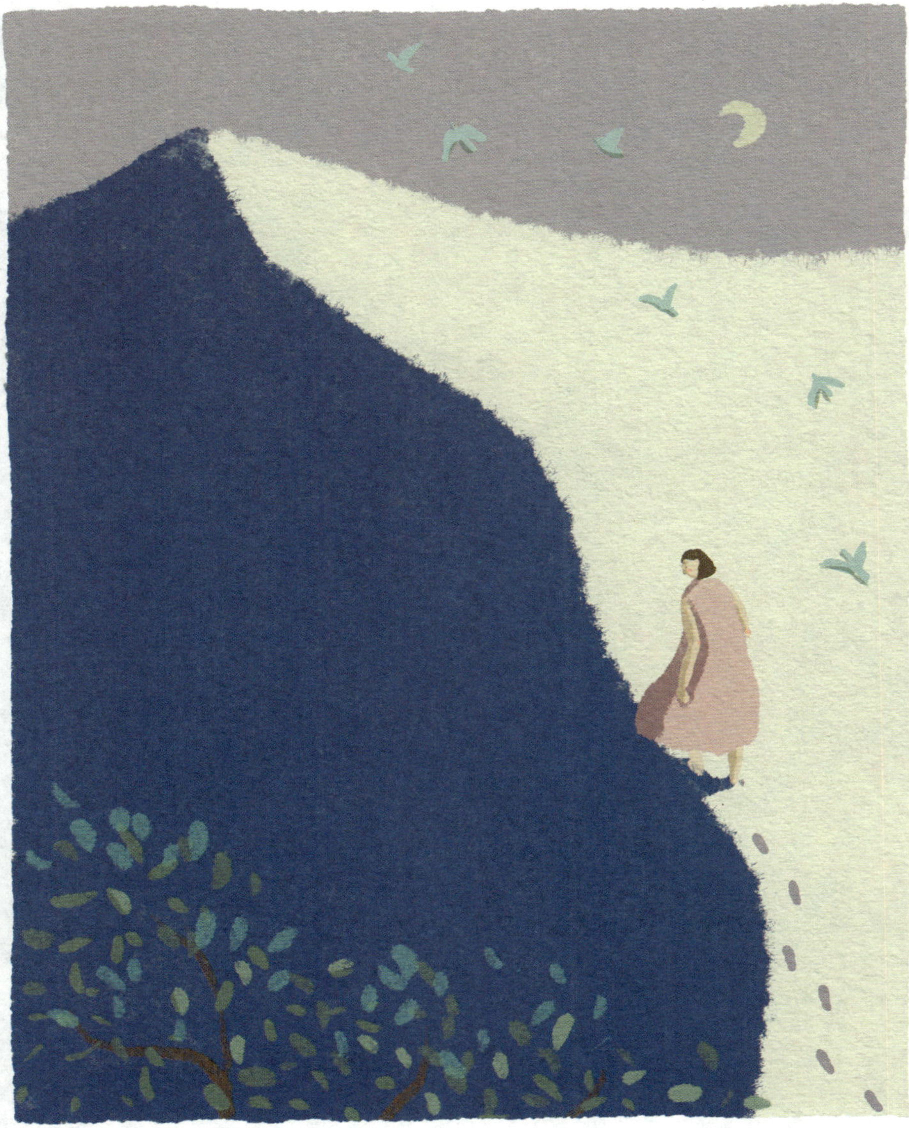

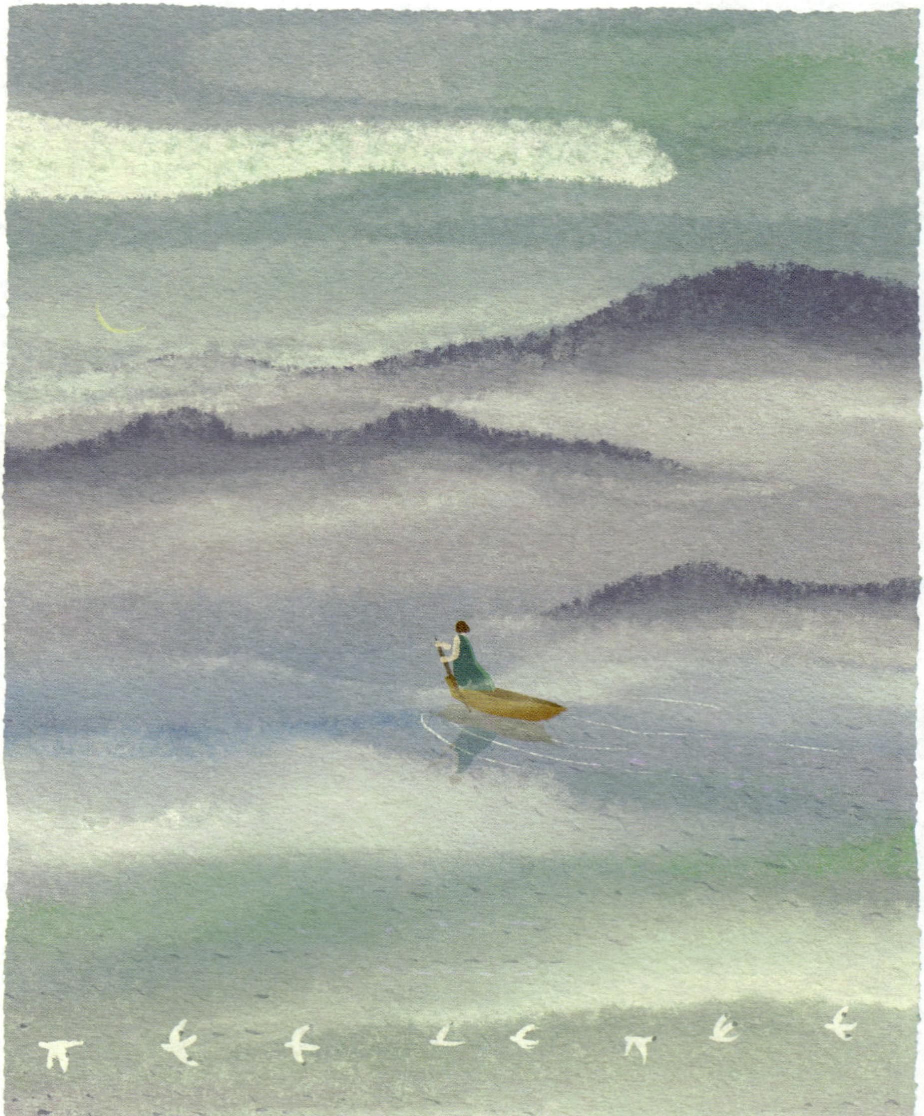

替古人担忧

同情心，有时是不便轻易给予的，接受的人总觉得一受人同情，地位身份便立见高下，于是一笔赠金，一句宽慰的话，都必须谨慎。但对古人，便无此限，展卷之余，你尽可痛哭，而不必顾到他们的自尊心，人类最高贵的情操得以维持不坠。

千古文人，际遇多苦，但我却独怜蔡邕，书上说他："少博学，好辞章、数术、天文，妙操音律。"又"善鼓琴……""闲居玩古，不交当世……"后来又提到他下狱时："乞黥首刖足，继成汉史。士大夫多矜救之，不能得……遂死狱中。"

身为一个博学的、孤绝的、"不交当世"的艺术家，其自身已经具备那么浓烈的悲剧性，及至在混乱的政局里系狱，连司马迁的幸运也没有了！甚至他自愿刺面斩足，只求完成一部汉史，也竟而被拒，想象中他满腔的悲愤直可震陨满天的星斗。可叹的不是狱中冤死的六尺之躯，是那永不为世见的焕发而饱和的文才！

而尤其可恨的是身后的污蔑，不知为什么，他竟成了民间戏剧中虐待赵五娘的负心郎，陆放翁的诗里曾感慨道：斜阳古柳赵家庄，负鼓盲翁正作场。死后是非谁管得，满村听说蔡中郎。

让自己的名字在每一条街上被盲目的江湖艺人侮辱，蔡邕死而有知，又怎能无恨！而每一个翻检历史的人，每读到这个不幸的名字，又怎能不感慨是非的颠倒无常。

李斯，这个跟秦帝国连在一起的名字，似乎也沾染着帝国的辉煌与早亡。

当他年盛时，他曾是一个多么傲视天下的人，他说："诟莫大于卑贱，而悲莫甚于穷困，久处卑贱之位，困苦之地，非世而恶利，自托于无为，此非士之情也。"他曾多么贪爱那一点点醉人的富贵。

但在多舛的宦途上，他终于付出自己和儿子作为代价，临刑之际，他黯然地对儿李由说："吾欲与若复牵黄犬，俱出上蔡东门，逐狡兔，岂可得乎？"

幸福被彻悟时，总是太晚而不堪温习了！

那时候，他曾想起少年时上蔡的春天，透明而脆薄的春天！

异于帝都的春天！他会想起他的老师荀卿，那温和的先知，那为他相秦而气愤不食的预言家，他从他那儿学了"帝王之术"，却始终参不透他的"物禁太盛"的哲学。

牵着狗，带着儿子，一起去逐野兔，每一个农夫所触及的幸福,却是秦相李斯临刑的梦呓。

公元前208年,咸阳市上有被腰斩的父子,高居过秦相,留传下那么多篇疏壮的刻石文,却不免于那样惨刻的终局!

看剧场中的悲剧是轻易的,我们可以安慰自己"那是假的",但读史时便不知该如何安慰自己了。读史者犹如屠宰业的经理人,自己虽未动手杀戮,却总是以检点流血为务。

我们只知道花蕊夫人姓徐,她的名字我们完全不晓,太美丽的女子似乎注定了只属于赏识她的人,而不属于自己。

古籍中如此形容她:"拜贵妃,别号花蕊夫人,意花不足拟其色,似花蕊翾轻也,又升号慧妃,如其性也。"

花蕊一样的女孩,怎样古典华贵的女孩,由于美丽而被豢养的女孩!

而后来,后蜀亡了,她写下那首有名的亡国诗:君王城上竖降旗,妾在深宫那得知。十四万人齐解甲,更无一个是男儿。

无一个男儿,这又奈何?孟昶非男儿,十四万的披甲者非男儿,亡国之恨只交给一个美女的泪眼,交给那柔于花蕊的心灵。

国亡赴宋,相传她曾在薛萌的驿壁上留下半首《采桑子》,那写过百首宫词的笔,最后却在仓皇的驿站上题半阕小词:初离蜀道心将碎,离恨绵绵。春日如年,马上时时闻杜鹃……

半阕!南唐后主在城破时,颤抖的腕底也是留下半首词。半阕是人间的至痛，半阕是永劫难补的憾恨！马上闻啼鹃，其悲竟如何？那写不下去的半阕比写出的更哀绝。

蜀山蜀水悠然而青，寂寞的驿壁在春风中穆然而立，见证着一个女子行过蜀道时凄于杜鹃鸟的悲鸣。

词中的《何满子》，据说是沧州歌者临刑时欲以自赎的曲子，不获免，只徒然传下那一片哀结的心声。

《乐府杂录》中曾有一段有关这曲子的戏剧性记载：刺史李灵曜置酒，坐客姓骆，唱《何满子》，皆称妙绝，白秀才者曰："家有声妓，歌此曲音调不同。"召至令歌，发声清越，殆非常音，骆遽问曰："莫是宫中胡二子否？"妓熟视曰："君岂梨园骆供奉邪？"相对泣下，皆明皇时人也。

异地闻旧音，他乡遇故知，岂都是喜剧？白头宫女坐说天宝固然可哀，而梨园散失沦落天涯，宁不可叹？

在伟大之后，渺小是怎样地难忍，在辉煌之后，黯淡是怎样地难受，在被赏识之后，被冷落又是怎样地难耐，何况又加上那凄恻的《何满子》，白居易所说的"一曲四词歌八叠，从头便是断肠声"的《何满子》！

千载以下，谁复记忆胡二子和骆供奉的悲哀呢？人们只习惯于去追悼唐明皇和杨贵妃，谁去同情那些陪衬的小人物呢？但类似的悲哀却在每一个时代演出，天宝总是太短，渔阳鼙鼓的余响敲碎旧梦，马嵬坡的夜雨滴断幸福，新的岁月粗糙而庸俗，却以无比的强悍逼人低头。玄宗把自己交给游仙的方士，胡二子和骆供奉却只能把自己交给比永恒还长的流浪的命运。

　　灯下读别人的颠沛流离，我不知该为撰曲的沧州歌者悲，或是该为唱曲的胡二子和骆供奉悲——抑或为西渡岛隅的自己悲。

不朽的失眠

他落榜了！一千二百年前。榜纸那么大那么长，然而，就是没有他的名字。啊！竟单单容不下他的名字"张继"那两个字。

考中的人，姓名一笔一画写在榜单上，天下皆知。奇怪的是，在他的意识里，考不上，才更是天下皆知，这件事，令他羞惭沮丧。

离开京城吧！议好了价，他踏上小舟。本来预期的情节不是这样的，本来也许有插花游街、马蹄轻疾的风流，有衣锦还乡袍笏加身的荣耀。然而，寒窗十年，虽有他的悬梁刺股，琼林宴上，却并没有他的一角席次。

船行似风。

江枫如火，在岸上举着冷冷的燏焰。这天黄昏，船，来到了苏州。但，这美丽的古城，对张继而言，也无非是另一个触动愁情的地方。

如果说白天有什么该做的事，对一个读书人而言，就是读书吧！夜晚呢？夜晚该睡觉，以便养足精神第二天再读。然而，今夜是一个忧伤的夜晚。今夜，在异乡，在江畔，在秋冷雁高的季节，容许一个落魄的士子放肆他的忧伤。江水，可以无限度地收纳古往今来一切不顺遂之人的泪水。

这样的夜晚，残酷地坐着，亲自听自己的心正被什么东西啮食而一分一分消失的声音。并且眼睁睁地看自己的生命如劲风中的残灯，所有的力气都花在抗拒，油快尽了，微火每一刹那都可能熄灭。然而，可恨的是，终其一生，它都不曾华美灿烂过啊！

江水睡了，船睡了，船家睡了，岸上的人也睡了。唯有他，张继，醒着，夜愈深，愈清醒，清醒如败叶落余的枯树，似梁燕飞去的空巢。

起先，是睡眠排拒了他（也罢，这半生，不是处处都遭排拒吗？），而后，是他在赌气，好，无眠就无眠，长夜独醒，就干脆彻底来为自己验伤，有何不可？

月亮西斜了，一副意兴阑珊的样子。有鸟啼，粗嘎嘶哑，是乌鸦。那月亮被它一声声叫得更暗淡了。江岸上，想已霜结千草。夜空里，星子亦如清霜，一粒粒冷艳凄绝。

在须角在眉梢，他感觉，似乎也森然生凉，那阴阴不怀好意的凉气啊，正等待凝成早秋的霜花，来贴缀他惨绿少年的容颜。

江上渔火二三，他们在干什么？在捕鱼吧？或者，虾？他们也会有撒空网的时候吗？世路艰辛啊！即使潇洒的捕鱼人，也不免投身在风波里吧?

然而,能辛苦工作,也是一种幸福呢!今夜,月自光其光,霜自冷其冷,安心的人在安眠,工作的人去工作。只有我张继,是天不管地不收的一个,是既没有权利去工作,也没福气去睡眠的一个……

钟声响了,这奇怪的深夜的寒山寺钟声。一般寺庙,都是暮鼓晨钟,寒山寺却敲"夜半钟",用以警世。钟声贴着水面传来,在别人,那声音只是睡梦中模糊的衬底音乐。在他,却一记一记都撞击在心坎上,正中要害。钟声那么美丽,但钟自己到底是痛还是不痛呢?

既然无眠,他推枕而起,摸黑写下"枫桥夜泊"四字。然后,就把其余二十八个字照抄下来。我说"照抄",是因为那二十八个字在他心底已像白墙上的黑字一样分明凸显:

> 月落乌啼霜满天,
> 江枫渔火对愁眠。
> 姑苏城外寒山寺,
> 夜半钟声到客船。

感谢上苍,如果没有落第的张继,诗的历史上便少了一首好诗，我们的某一种心情，就没有人来为我们一语道破。

一千二百多年过去了，那张长长的榜单上（就是张继挤不进去的那纸金榜）曾经出现过的状元是谁？哈！谁管他是谁？真正被记得的名字是"落第者张继"。有人会记得那一届状元披红游街的盛景吗？不！我们只记得秋夜的客船上那个失意的人，以及他那场不朽的失眠。

秋千上的女子

楔子

　　我在备课——这样说有点吓人，仿佛有多模范似的，其实也不是，只是把秦少游的词在上课前多看两眼而已。我一向觉得少游词最适合年轻人读：淡淡的哀伤，怅怅的低喟，不需要什么理由就愁起来的愁，或者未经规划便已深深坠入的情劫……

　　"秋千外，绿水桥平。"

　　啊，秋千，学生到底懂不懂什么叫秋千？他们一定自以为懂，但我知道他们不懂，要怎样才能让学生明白古代秋千的感觉？

　　这时候，电话响了，索稿的——紧接着，另一通电话又响了，是有关淡江大学"女性书写"研讨会的。再接着是东吴校庆筹备组规定要交散文一篇，似乎该写点"话当年"的情节，催稿人是我的学生张曼娟，使我这犯规的老师惶惶无词……

然后，糟了，由于三案并发，我竟把这几件事想混了，秋千，女性主义，东吴读书，少年岁月，粘连为一，撕扯不开……

　　汉族，是个奇怪的族类，他们不但不太擅长唱歌或跳舞，就连玩，好像也不太会。许多游戏，都是西边或北边传来的——也真亏我们有这些邻居，我们因这些邻居而有了更丰富多样的水果、嘈杂凄切的乐器、吞剑吐火的幻术……以及，哎，秋千。

　　在台湾，每所小学，都设有秋千架吧？大家小时候都玩过它吧？

　　但诗词里的"秋千"却是另外一种，它们的原籍是"山戎"，据说是齐桓公征伐山戎的时候顺便带回来的。想到齐桓公，不免精神为之一振，原来这小玩意儿来中国的时候，正当先秦诸子的黄金年代。而且，说巧不巧的，正是孔老夫子的年代。孔子没提过秋千，孟子也没有。但孟子说过一句话："咱们儒家的人，才不去提他什么齐桓公晋文公之流的家伙。"

　　既然瞧不起齐桓公，大概也就瞧不起他征伐胜利后带回中土的怪物秋千了！

　　但这山戎身居何处呢？山戎在春秋时代住在今天河北省的东北方，现在叫作迁安市的一个地方。这地方如今当然早已是长城里面的版图了，它位于山海关和喜峰口之间，和避暑胜地北戴河

219

同纬度。

而山戎又是谁呢？据说便是后来的匈奴，更后来叫胡，似乎也可以说，就是以蒙古为主的北方异族。汉人不怎么有兴趣研究胡人家世，叙事起来不免草草了事。

有机会我真想去迁安市走走，看看那秋千的发祥地是否有极高大夺目的漂亮秋千，而那里的人是否身手矫健，可以把秋千荡得特别高，特别恣纵矫健——但恐怕也未必，胡人向来绝不"安于一地"，他们想来早已离开迁安市，"迁安"两字顾名思义，是鼓励移民的意思，此地大概早已塞满无所不在的汉人移民。

哎，我不禁怀念起古秋千的风情来了。

《荆楚岁时记》上说："秋千，本北方山戎之戏，以习轻趫者，后中国女子学之，楚俗谓之施钩，《涅槃经》谓之胃索。"

《开元天宝遗事》则谓："天宝宫中，至寒食节，竞竖秋千，令宫嫔辈戏笑以为宴乐，帝呼为半仙之戏，都中士民因而呼之。"

《事物纪原》也引《古今艺术图》谓："北方戎狄爱习轻趫之能，每至寒食为之，后中国女子学之，乃以彩绳悬树立架，谓之秋千。"

这样看来，秋千是季节性的游戏，在一年最美丽的季节——暮春寒食节（也就是我们的春假日）举行。

试想在北方苦寒之地，忽有一天，春风乍至，花鸟争喧，年轻的心一时如空气中的浮丝游絮飘飘扬扬，不知所止。

于是，他们想出了这种游戏，这种把自己悬吊在半空中来进行摆荡的游戏，这种游戏纯粹呼应着春天来时那种摆荡的心情。当然也许和丛林生活的回忆有关。打秋千多少有点像泰山玩藤吧？

然而，不知为什么，事情传到中原，打秋千竟成为女子的专利。并没有哪一条法令禁止男子玩秋千，但在诗词中看来，打秋千的竟全是女孩。

也许因为初传来时只有宫中流行，宫中男子人人自重，所以只让女子去玩，玩久了，这种动作竟变成是女性世界里的女性动作了。

宋明之际，礼教的势力无远弗届，汉人的女子，裹着小小的脚，困在深深的闺阁里，似乎只有春天的秋千游戏，可以把她们荡到半空中，让她们的目光越过自家修筑的铜墙铁壁，而望向远方。

那年代男儿志在四方，他们远戍边荒，或者，至少也像司马相如，走出多山多岭的蜀郡，在通往长安的大桥桥柱上题下："不乘高车驷马，不过汝下。"

然而女子，女子只有深深的闺阁，深深深深的闺阁，没有长安等着她们去功名，没有拜将台等着她们去封诰，甚至没有让严子陵归隐的"登云钓月"的钓矶等着她们去度闲散的岁月（"登云钓月"据说是苏东坡题在一块大石头上的字，位置在浙江富阳,近杭州,相传那里便是严子陵钓滩)。

秦少游那句"秋千外,绿水桥平",是从一个女子眼中看春天的世界。秋千让她把自己提高了一点点,秋千荡出去,她于是看见了春水。春水明艳,如软琉璃,而且因为春冰乍融,水位也提高了,那女子看见什么?她看见了水的颜色和水的位置,原来水位已经平到桥面去了!

墙内当然也有春天,但墙外的春天却更奔腾恣纵啊!那春水,是一路要流到天涯去的水啊!

只是一瞥,只在秋千荡高去的那一刹,世界便迎面而来。也许视线只不过以两公里为半径,向四面八方扩充了一点点,然而那一点是多么令人难忘啊!人类的视野不就是那样一点点地拓宽的吗?女子在那如电光石火的刹那窥见了世界和春天。而那时候,随风鼓胀的,又岂止是她绣花的裙摆呢?

众诗人中似乎韩偓是最刻意描述美好的"秋千经验"的。他的《秋千》一诗是这样写的:

> 池塘夜歇清明雨,
> 绕院无尘近花坞。
> 五丝绳系出墙迟,
> 力尽才瞵见邻圃。
> 下来娇喘未能调,

斜倚朱阑久无语。

无语兼动所思愁,

转眼看天一长吐。

其中形容女子打完秋千"斜倚朱阑久无语""无语兼动所思愁",颇耐人寻味。"远方",也许是治不愈的痼疾,"远方"总是牵动"更远的远方"。诗中的女子用极大的力气把秋千荡得极高,却仅仅只见到邻家的园圃——然而,她开始无语哀伤,因为她竟因而牵动了"乡愁"——为她所不曾见过的"他乡"所兴起的乡愁。

韦庄的诗也爱提秋千,下面两句景象极华美:

紫陌乱嘶红叱拨(红叱拨是马名),

绿杨高映画秋千。

——《长安清明》

好是隔帘花树动,

女郎撩乱送秋千。

——《丙辰年鄜州遇寒食城外醉吟五首》

第一例里短短十四字,便有三个跟色彩有关的字,血色名马骄嘶而过，绿杨丛中有精工绘画的秋千……

第二例却以男子的感受为主，诗词中的男子似乎常遭秋千"骚扰"，秋千给了女子"一点点坏之必要"，荡秋千的女子常会把男子吓一跳，她是如此临风招展，却又完全"不违礼俗"。她的红裙在空中画着美丽的弧，那红色真是既奸又险，她的笑容晏晏，介乎天真和诱惑之间，她在低空处飞来飞去，令男子不知所措。

张先的词：

> 那堪更被明月，
> 隔墙送过秋千影。

说的是一个被邻家女子深夜荡秋千所折磨的男子。那女孩的身影被明月送过来，又收回去，再送过来，再收回去……

似乎女子每多一分自由，男子就多一分苦恼。写这种情感最有趣的应该是东坡的词：

> 墙里秋千墙外道。
> 墙外行人，墙里佳人笑。
> 笑渐不闻声渐悄。
> 多情却被无情恼。

由于自己多情，便嗔怪女子无情，其实也没什么道理。荡秋千的女子和众女伴嬉笑而去，才不管墙外有没有痴情人在痴立。

使她们愉悦的是春天，是身体在高下之间摆荡的快意，而不是男人。

韩偓的另一首诗提到的"秋千感情"又更复杂一些：

想得那人垂手立，
娇羞不肯上秋千。

似乎那女子已经看出来，在某处，也许在隔壁，也许在大路上，有一双眼睛，正定定地等着她，她于是僵在那里，甚至不肯上秋千，并不是喜欢那人，也不算讨厌那人，只是不愿让那人得逞，仿佛多称他的心似的。

众诗词中最曲折的心意，也许是吴文英的那句：

黄蜂频扑秋千索，
有当时，纤手香凝。

由于看到秋千的丝绳上，有黄蜂飞扑，他便解释为荡秋千的女子当时手上的香已在一握之间凝聚不散，害黄蜂以为那绳索是一种可供采蜜的花。

啊，那女子到哪里去了呢？在手指的香味还未消失之前，她竟已不知去向。

——啊！跟秋千有关的女子是如此挥洒自如，仿佛云中仙鹤不受网弋，又似月里桂影，不容攀折。

然而，对我这样一个成长于二十世纪中期的女子，读书和求知才是我的秋千吧？握着柔韧的丝绳，借着这短短的半径，把自己大胆地抛掷出去。于是，便看到墙外美丽的情景：也许是远岫含烟，也许是新秧翻绿，也许雕鞍上有人正起程，也许江水带来归帆……世界是如此斑斓夺目，而我是那个在一瞥间得以窥伺大千的人。

"窥"字其实是个好字，孔门弟子不也以为他们只能在墙缝里偷看一眼夫子的深厚吗？是啊，是啊，人生在世，但让我得窥一角奥义，我已知足，我已知恩。

我把从《三才图会》上影印下来的秋千图戏剪贴好，准备做成投影片给学生看，但心里却一直不放心，他们真的会懂吗？真的会懂吗？曾经，在远古的年代，在初暖的熏风中，有一双足悄悄踏上板架，有一双手，怯怯握住丝绳，有一颗心，突地向半空中荡起，荡起，随着花香，随着鸟鸣，随着迷途的蜂蝶，一起去探询春天的资讯。

题库中的陆游

问学生陆游是谁,他们自有标准答案,那答案是"南宋爱国诗人"。

你不能说他们错,却知道,他们也绝对不对。

好好一个陆放翁,活过八十多年,在疆场披霜,在情场流泪,写下上万首的诗,小词也填得沁人肺腑。这样一个人,岂肯被你"南宋爱国诗人"六个字套牢。

然而这是一个粗鄙无文的时代,大多数的人急着把自己或别人归类,归了类,就做完了选择题,就可以心安了(天知道啊,至少我自己这半生就努力不让人家轻易把我给拨进某一队里去,更不要挂上某一番号)。

那人活到七十八岁,犹然为满山梅花惊动的不安的灵魂,写下"何方化作身千亿,一树梅花一放翁"的句子。那时候,如果你问他:"陆游,你是谁?"

他会说:

"我是想化身千万而不得的凡人,如果可能,我希望我是一万个陆游的集合体,我希望我随时可以散开,散到四山去,在每一棵老梅下放一个陆游——而每一个陆游都是梅花之美的俘虏。你问我是谁？我是花臣酒卒。"

晚年，他是行走在村头社尾的一个老头：

"儿童共道先生醉，折得黄花插满头。"

此时，你如大叫一声：

"喂，老头，你是谁呀？"

他会说：

"我是那些小鬼捉弄的对象，他们很快乐，因为看到我喝醉了，便插我一头野花来害我出糗——我也很快乐，我这辈子从来不好意思自己插花戴朵。现在装装醉，装装被他们陷害，体会一下满头插花的快乐——哈，我是谁？我是一个老骗子呢！"

世上总没有一生八十年，一年三百六十五天，一天二十四小时的"爱国诗人"，陆游只是写他的诗，只是记录他的心情。至于分类，陆游何尝知道自己已经贴上标签，分类归档，准备拿去题库里当一道很好的选择题。

唐代最幼小的女诗人

她的名字？哦，不，她没有名字。我在翻《全唐诗》的时候遇见她，她躲在不起眼的角落，小小一行。

然而，诗人是不需要名字的，《击壤歌》是谁写的，哪有那么重要？"关关雎鸠"的和鸣至今回响，任何学者想为那首诗找作者，都只是徒劳无功罢了。

也许出于编撰者的好习惯，她勉强也有个名字。在《全唐诗》两千人左右的作者群里，她有一个可以辨识的记号，她叫"七岁女子"。

七岁，就会写诗，当然很天才，但这种天才，不止她一个人，有一个叫骆宾王的，也是个小天才，他七岁那年写了一首《咏鹅》的诗，很传诵一时：

鹅，鹅，鹅，
曲项向天歌。
白毛浮绿水，
红掌拨清波。

骆宾王后来列名"初唐四杰",算是混出名堂的诗人。但这号称"七岁女子"的女孩,却再没有人提起她,她也没有第二首诗传世。

几年前,我因提倡"小学生读古典诗",被编译馆点名为编辑委员,负责编写给小学生读的古诗。我既然自己点了火,想脱逃也觉不好意思,只好硬着头皮每周一次去上工。

开编辑会的时候,我坚持要选这个小女孩的诗,其他委员倒也很快就同意了。《全唐诗》四万八千首,《全宋诗》更超越此数,中国古典诗白纸黑字印出来的,我粗估也有三十万首以上(幸亏有些人的诗作亡佚消失了,像宋代的杨万里,他本来一口气写了两万多首,要是人人像他,并且都不失传,岂不累死后学),在如此丰富的诗歌园林里无论怎样攀折,都轮不到这朵小花吧!

但其他委员之所以同意我,想来也是惊讶疼惜作者的幼慧吧?最近这本书正式出版,我把自己为孩子们写的这首诗的赏析录在此处,聊以表示我对一个在妻职母职中逝去的天才的哀婉和敬意。

大殿上,武则天女皇帝面向南方而坐,她的衣服华丽,如同垂天的云霞,她的眉眼轻扬,威风凛凛。

远远有个小女孩走进大殿上,她很小,才七岁,大概事先有人教过她,她现在正规规矩矩低着头,小心地往前走去。比起京城一带的小孩,她的皮肤显得黑多了,而且黑里透红,光泽如绸缎,又好像刚游完泳,才从水里爬上来似的。

女皇帝脸上露出微笑,她想:这个可爱的、来自广东的南方小孩,我倒要来试试她。中国土地这么大,江山如此美丽,每一个遥远的角落里,都可能产生了不起的天才。

"听说你是个小天才呢!那么,吟一首诗,你会不会?我来给你出个题目——《送兄》,好不好?"

女孩立刻用清楚甜脆的声音吟出她的诗来:

送兄

别路云初起,离亭叶正飞。
所嗟人异雁,不作一行归。

翻成白话就是这样:

哥哥啊!
这就是我们要分手的大路了,
云彩飞起,
路边有供旅人休息送别的凉亭。
亭外,是秋叶在飘坠。

而我最悲伤叹息的就是，

人，为什么不能像天上的大雁呢？

大雁哥哥和大雁妹妹总是排得整整齐齐，

一同飞回家去的啊！

女皇帝一时有点呆住了，在那么遥远的南方，也有这样出口成章的小小才女，真是难得啊！于是她把小女孩叫到身边来，轻轻握住小女孩的手，仔细看小女孩天真却充满智慧才思的眼睛，她仿佛看到一个活泼的、向前的，而又光华灿烂的盛唐时代即将来临。

卓文君和她的一文铜钱

下午的阳光意外的和暖,在多烟多嶂的蜀地,这样的冬日也算难得了。

药香微微,炉火上氤氲着朦胧的白雾。那男子午寐未醒,一只小狗偎着白发妇人的脚边打盹。

这么静。

妇人望着榻上的男子,这个被"消渴之疾"(古人称糖尿病为"消渴之疾")所苦的老汉,他的手脚细瘦,肤色黯败,她用目光爱抚那衰残的躯体。

一生了,一生之久啊!

"这男人是谁呢?"老妇人卓文君支颐倾视自问。

记忆里不曾有这样一副面孔,他的额发已秃,颈项上叠着像骆驼一般的赘皮。他不像当年的才子司马相如,倒像司马相如的父亲或祖父。年轻时候的司马虽非美男子,但肌肤坚实,顾盼生姿,能将一把琴弹得曲折多情如一腔幽肠。他又善剑,琴声中每有剑风的清扬袅健。又仿佛那琴并不是什么人制造的什么乐器,每根琴弦,一一都如他指尖泻下的寒泉翠瀑,琤琤琮琮,蹚不完的高山流水、谷烟壑云。

犹记得那个遥远的长夜，她新寡，他的琴声传来，如荷花的花苞在中宵柔缓绽放，弹指间，一池香瓣已灿然如万千火苗。

她选择了那琴声，冒险跟随了那琴声，从父亲卓王孙的家中逃逸。从此她放弃了仆从如云、挥金如土的生涯。她不觉乍贫，狂喜中反觉乍富，和司马长卿相守，仿佛与一篇繁富典丽的汉赋相厮缠，每一句，每一逗，都华艳难踪。

啊，她永远记得的是那倜傥不群的男子，那用最典赡的句子记录了一代大汉盛世的人——如果长卿注定是记录汉王朝的人，她便是打算用记忆来网罗这男子一生的人。

而这男子，如今老病垂垂，这人就是那人吗？有什么人将他偷换了吗？卓文君小心地提起药罐，把药汁滤在白瓷碗里，还太烫，等一下再叫他起来喝。

当年，在临邛，一场私奔后，她和爱胡闹的长卿一同开起酒肆来。他们一同为客人沽酒、烫酒，洗杯盏，长卿穿起工人裤，别有一种俏皮。开酒肆真好，当月光映在酒卮里，实在是世间最美丽的景象啊！可惜酒肆在父亲反对下强迫关了，父亲觉得千金小姐卖酒是可耻的。唉！父亲却从来不知卖酒是那么好玩的事啊！酒肆中觥筹交错，众声喧哗，糟曲的暖香中无人不醉——不是酒让他们醉，而是前来要买它一醉的心念令他们醉。

想着，她站起来，走到衣箱前，掀了盖，掏摸出一枚铜钱，钱虽旧了，却还晶亮。她小心地把铜钱在衣角拭了拭，放在手中把玩起来。

　　这是她当年开酒肆卖出第一杯酒的酒钱。对她而言，这一钱胜过万贯家财。这一枚钱一直是她的秘密，父亲不知，丈夫不知，子女亦不知。珍藏这一枚钱其实是珍藏年少时那段快乐的私奔岁月。能和当代笔力最健的才子在一个垆前卖酒，这是多么兴奋又多么扎实的日子啊！满室酒香中盈耳的总是歌，迎面的都是笑，这枚钱上仿佛仍留着当年的声纹，如同冬日结冰的池塘长留着夏夜蛙声的记忆。

　　酒肆遵父命关门的那天，卓王孙送来仆人和金钱。于是，她知道，这一切逾轨的快乐都结束了。从此她仍将是富贵人家的妻子，而她的夫婿会挟着金钱去交游，去进入上流社会，会以文字干禄。然后，他会如当年所期望的，乘"高车驷马"走过升仙桥。然后，像大多数得意的男子那样，娶妾。他不再是一个以琴挑情的情人。

　　事情后来的发展果真一如她所料，有了功名以后，长卿一度想娶一位茂陵女子为妾（啊！身为蜀人，他竟已不再爱蜀女，他想娶的，居然是京城附近的女子），文君用一首《白头吟》挽回了自己的婚姻——对，挽回了婚姻，但不是爱情。

皑如山上雪，皎若云间月。

闻君有两意，故来相决绝。

……

凄凄复凄凄，嫁娶不须啼。

愿得一心人，白头不相离。

……

"一心人"？世上有那一心一意的男人吗？

药凉了，可以喝了，她打算叫醒长卿，并且下定决心继续爱他。不，其实不是爱他，而是爱属于她自己的那份爱！眼前这衰朽的形体、昏眊的老眼，分明已一无可爱，但她坚持，坚持忠贞于多年前自己爱过的那份爱。

把铜钱放回衣箱一角，下午的日光已翳翳然，卓文君整发敛容，轻声唤道：

"长卿，起来，药，熬好了。"

图书在版编目（CIP）数据

人生能尽兴就尽兴　不能就留些余兴吧 / 张晓风著.
北京：北京日报出版社，2024.11. — ISBN 978-7
-5477-5026-1

Ⅰ.I267

中国国家版本馆CIP数据核字第2024M5R860号
北京版权保护中心外国图书合同登记号：01-2024-5574

本著作物经北京时代墨客文化传媒有限公司代理，由作家张晓风授权，在中国大陆出版、发行中文简体字版本。

人生能尽兴就尽兴　不能就留些余兴吧

责任编辑：秦　姚
监　　制：黄　利　万　夏
营销支持：曹莉丽
特约编辑：曹莉丽　鞠媛媛　方　莹
版权支持：王福娇
装帧设计：紫图图书ZITO®
出版发行：北京日报出版社
地　　址：北京市东城区东单三条8-16号东方广场东配楼四层
邮　　编：100005
电　　话：发行部：(010) 65255876
　　　　　　总编室：(010) 65252135
印　　刷：艺堂印刷（天津）有限公司
经　　销：各地新华书店
版　　次：2024年11月第1版
　　　　　　2024年11月第1次印刷
开　　本：880毫米×1230毫米　1/32
印　　张：8.25
字　　数：163千字
定　　价：55.00元

版权所有，侵权必究，未经许可，不得转载